進入天使自我，活出生命的更大版本
我聽見天使
I heed the Angels
田安琪 著

【推薦序】

入世的天使

蔡慶輝

天使的翅膀之所以有保護你的力量，是因為羽毛下面藏著許多骨折的傷痕？
還是，她總是很快地忘記前一刻骨折的疼痛，淚水很快地就乾了？
還是，她每次都善良地沒有意識到會有疼痛，總是傻傻地微笑著面對？
還是，她總是以為人世間真的有永遠，而每次骨折之後都安慰自己那是不小心的？
還是，她每次都相信狂嚎的淚水是最後一次，總是忍著傷痛為他拭去淚水？
還是……

安琪，你看到的她是像灑進森林裡的晨光，像帶著點水霧的風拂上你的臉頰，像微涼秋天的清晨輕輕擁著的薄被，像冬日裡溫過的一杯清酒，像才認識的你的高中老師，像……小學同學，經歷了豐富人生磨鍊的小學同學。

……週一的課堂上，我有感而發地說：「當外面的世界上上下下的時候，有那麼個片刻，真的很希望身邊有一個不變的、可以讓我倚靠的伴侶。」接著我笑笑說：「但明明知道永恆不在外面……」學生回說：「老師，連妳都有這樣的時候，讓我們覺得鬆了一口氣。」原來老師的虛弱也可以安慰人……

當你發現，你拿掉面具露出了刀疤、扯開皮囊鋼釘迸了出來，你正在紫光中羽化。

安琪，讚＊99～

（本文作者為臉書媒體《酷新聞》創辦人，前東森電視台副總經理理、總編輯）

【推薦序】

遇見安琪天使

白曛綾

在半年多前的一個偶然際遇中，我突然從人生大夢中醒來，當時雖然心中清楚「靈修」才是我該走的路，卻又覺得眼前既清明又晦暗。

那時的我只能憑著直覺購買相關書籍來看，這才發現靈修的世界遠遠超乎我的想像，除了數年前透過閱讀奧修（OSHO）而比較熟悉的新時代概念以外，其他我一無所知。周遭只有「心靈」好友，卻沒有「靈修」的親友，加上自己的心境轉變實在太大且混亂，因此當時的家人不支持、朋友也懷疑我究竟在玩什麼把戲？在三次元空間、二元化思維的實體世界裡，我是個人人稱羨的教授，但踏進了靈魂修持的領域，我卻成了渾沌無知的學生。雖明知必須一個人走自己的道路，但心中的孤寂感，促使我在部落格世界裡尋找同道。透過不斷的搜尋、嘗試與溝通，我找到了安琪的部落格。

總覺得安琪（Angel）的名字取得真好，因為她真的讓我有天使（Angel）來到人間的感覺。當我剛進入靈修世界時，在網路中頻繁的發現「光」與「愛」這兩個字，但坦白說，我卻不容易從介紹光與愛相關課程的部落格裡感受到光與愛，安琪則是少數能讓我感覺到光與愛的人。因此在我身心靈探索的過程中，時常到安琪的部落格裡閱讀她的文章，並向她請益，她也始終如天使般與我對話，讓我感受到她靈魂的高頻率振動能量。有趣的是，靈魂的交流真的不需透過實體的接觸，因此至今我仍未見過安琪。

安琪與我有著相似的理工背景，卻不約而同的踏上了看似不理性的靈修路，這是因為我們與生俱來的內在神性在呼喚著我們：該是回家的時候了！無論你是誰，在實體世界裡是什麼職業與身分，唯有與源頭連結，回到內在的家，你才會明白你從何而來，以及生命真正的意義，你也才可能找到內在長駐的寧靜感。

進入靈修的領域中，無論你的修持有多高，都不代表你就是全能的神人，你還是具有人性的一面。而安琪最讓我欣賞的，就是她能遵循內心的指引，並真誠的呈現與分享她的生命歷程。安琪並沒有因為她靈性導師的身分，而掩飾她也和你我一樣，會有人性脆弱與掙扎的時候，只是她在脆弱的心靈時刻，有著與一般人不同的覺察與領悟。

透過靈修，我發覺自己與安琪一樣，正慢慢的開發出內在的潛能，並逐步療癒我的四體（身體、情緒、心智、靈魂）。生命的樂趣，彷彿是這半年多來才真正的開始，我終於可以用「享受」的方式，去接受並面對在生活中的各種情緒反應，那種身心靈皆輕盈的感覺，真是美好。我察覺到自己也如安琪一般，找回了天使的自性。每個人的內在都具備著圓滿具足的神性，因此如果你和我一樣，有機會遇見安琪天使，相信你也將與我們一樣，有著不一樣的人生。

歡迎加入天使的行列中！

（本文作者為交通大學環境工程研究所教授以及前任所長，現已退休，她的部落格為《Bala 的探索》）

【推薦序】

結束，在開始之前

創造有自己的時間，說來就來。
陳年的故事不會在年輕時被寫成。
結束卻可能在開始之前。

創造的人生活於平凡的世界。
但會傾聽內在的奇妙聲音。

他讓世界表演新經驗，
因為他揭開心內的觸感。

查理王

——《師法自然》潘美拉・梅茲（Pamelak K. Metz）

第一次閱讀安琪的文章，是透過臉書（Facebook）再連結到她的部落格，已經不記得當初與安琪是透過哪一位朋友的連結，在臉書上互加為好友（感謝實體世界裡 Y 君將我們連結起來），但這在 Web 2.0 時代，似乎也顯得不是那麼重要了。

Web 2.0 時代讓人們透過即時通與臉書、Google plus 等社群羣平台，快速認識彼此、並跨越時空障礙開始交流與分享。六度分隔理論（Six Degrees of Separation）向人們說明了，任何兩個不相干的人，可經由六個人連結出某種關係。微軟研究人員曾研究二〇〇六年某單一月份的 Msn 訊息，利用一億八千萬名使用者的三百億則訊息加以比對，發現使用者只要透過平均六點六人，就可和全資料庫的一千八百億組配對產生關連，高達百分之八十七的使用者在七次以內可以產生關連。然而，這只是目前人類科技所能分析與掌握的。而在人類目前所知世界之外的意念轉化為實相、吸引力法則、業力牽引、心靈相通、靈視以及靈通等，難以透過科學量化、實相化與視覺化的世界，確實是超越如今社交運算（Social Computing）及雲端運算（Cloud Computing）之外的領域。而這個部分，也是未來人類極具成長空間與值得積極開發並探索的面向。

安琪的新書《我聽見天使》，將自己生命經歷與內心世界赤裸裸地攤在陽光下。或也可以說，安琪彷彿用了另外一個第三人稱的她在遠處遠觀她自己、卻也將自己幻化於無形，來去自如地進入最忠實無欺的本我，然後再將這個亮麗如新、成就豐碩，但也受過傷、跌過跤的真誠生命，活靈活現地用別具邏輯性、理性與感性的言語流暢地與你我分享。

你不會覺得這是一本曲高和寡、難以親近或虛無縹緲、遠在雲端的書。它沒有空泛的贅述，也沒有天馬行空、不著邊際的囈語及幻想。它，就是真真實實地在將自己的故事與高靈的訊息，毫無掩飾地攤在你我面前，它正是述說著安琪如實的自己。每一個真實的自己，串聯成一個真誠的地球，型塑一個真我的宇宙。在過度虛偽的世界中，《我聽見天使》裡的真誠讓我們終於能夠放心地卸下面具，開心做自己。

宇宙對安琪特別寵愛，所以給了她理工科系扎扎實實的科學訓練，也正因此，當你與安琪談話時，會對她異常的冷靜與再清楚不過的條理邏輯所引導。但，當她切入自我生命歷程的剖析與自我對白時，卻又是比誰都還細膩地彷彿是個溫和的陪伴者，心細如絲地娓娓道來。

要在詭譎多變的時代裡，真誠地面對自己，真的不容易！要真誠地面對自己，要克服多少的來自自我遮蔽的恐懼，以及俗世裡通俗化價值觀的衝擊。「只有真正面對，才能真的放下；只有真正面對，才能真的成為。」每一次與過去的自己說再見，正是一次幻化與蛻變。生活是與時俱進的豐盛與挫折積累而成，生命中，我們不斷地在創造，卻也每日每月不斷地在跟過去說再見。

「無常，無不常。」宇宙間可以確定不會改變的一件事，正是宇宙隨時在改變。說再見，是為了再相見。安琪透過《我聽見天使》回溯人生過往點點滴滴，是療癒，更是重新出發。與過往的自己說再見，心悅誠服地接納自己，終於得以與內在的本我再相見，新的出發，蘊涵著無限的動能與可能。透過安琪如實的分享自身的生命，讓我們彷彿也卸下了害怕面對真我的恐懼及偽裝，而獲得了新生的力量。

結束，總在開始之前。

我願意將自己的過往幻化成一座橋，推薦您通往安琪真誠且堅韌的生命裡，《我聽見天使》是一本對自己誠實且讓人靈性躍動的好著作。

（本文作者查理王，本名蔡瀚毅，歷任學學文創志業行銷長、社群經營長、發展長。現為《讀者文摘》專欄作家、自由工作者、新時代科技與身心靈合一趨勢觀察家與實踐者、網路行銷暨社群經營顧問。）

【作者序】

自信的本源

到了要為這本書找人寫推薦序的時候了，我相信商周很願意找來在靈性界知名而令人尊敬的前輩來做這件事，但是當主編問我有什麼人選時，我一股腦地只想到幾位與自己相熟的對象。

一位是Bala（白曛綾教授），在向她索取「頭銜」之前，我並不知道她是位教授，並且還當過所長。當初想要麻煩她的原因只有兩個，首先是她一路閱讀我部落格裡的文章，經常在上面與我回應往返，因此她最有理由推薦我的新書；二來是我依稀知道她在交大任教，有著理工的背景，對於傾向左腦思考的社會大眾而言，很有公信力。

另一位是臉書媒體《酷新聞》的創辦人蔡老大，這一年以來與他多所交流的原因無他，因為我們都是「在兼顧世間法之中堅持做對的事情」的少數人種。他在今年的盛暑之時，辭掉高薪且清閒的主流媒體高層工作，全心投入自己有熱情從事的先進媒體事業之中，雖暫時沒了收入，但動力十足。同樣地，我在要求他給我「頭銜」之前，也完全不知道他曾經擔任過東森電視的副總經理，那裡曾經是我非常熟悉的地方，我很明白這個位置是萬中之選。

還有一位前輩，我們認識最久，她在我初初離婚自立之時給予許多關心，但反而在向她邀稿時稍有波折。她是《光的課程系列教導》譯者 Vicki，一向低調自持，並且二十年來謹守兩個原則——「隱身幕後」、「不立門派不設組織」，意思是，她雖然是把光的課程引入台灣的第一人，多年來光的課程在台灣果然也遍地開花，早已受到許多後輩的擁戴，多少年來總有人力促她成立組織、甚至發行認證，但她始終堅持這個教導必須是自由開放的，不應該以世俗中的組織概念來控管人們的教與學，新時代的精神本就是：人人都是自己的大師。

Vicki 謙稱自己不夠出名，要我以銷售考量去找其他前輩，還開了名單給我。不過我對於與不認識我的前輩接觸毫無動力，於是繼續死纏爛打，鼓動三寸不爛之舌，我說：「我做事一向不先管世俗法則的，內修以後更是如此。之所以向來能有一些別人羨慕的機緣，也都是因為我很清楚自己想做什麼、知道什麼是有價值的，而不是僅以達到目的為前提。」我心裡知道，自己秉持這樣的態度一路越走越順，所以即使沒有靈性圈大牌紅人的加持，這本書還是會有一線明星的命運。

事實上這兩年來，我自知已逐漸地摸通了豐盛之道與此生的使命，因此始終就有這樣的自信，相信自己的前方冥冥中有一條康莊大道，相信只要秉持該有的態度，會有取之不盡的順緣。我一路以來都認真地在世俗中實證自己的信念、實證靈性法則，因此「自信」從中而生是必然的事。一般人害怕未知，但我從實證中知道法則是真的，也知道法則所指向的未來是被保證的。而實證的關鍵，一是「堅持做有意義的事」，二是「在低頭磨練中通曉世間法」。

一年之前，熱心的格友 Ann 把我介紹給商周的那次會面上，我便大言不慚地說：「我已看到這本書放在書店的架上了，不是由商周出版，便是由另一家出版。」不知是否是這樣的自信讓商周買了單，她們當下便決定與我簽約。

當我們開始討論書籍內容後，出版社多次力薦我放一些自己傳遞的靈訊進去，我卻一直堅持只想放自己在實際生命歷程中的轉化與自省，並言之鑿鑿地說明這才是靈修領域缺少但需要的訊息。但當截稿在即，我與出版社討論如何充實內容時，出版社繼續不放棄地說服我寫一些與高靈溝通的文章，突然之間我竟然被打動了，一方面是在靈光之中意識到，自己似乎應該藉此機會，更大步地跨越那害怕自己因所謂通靈者的身分被評斷的恐懼；另一方面，實在是受到出版社的感動，之琬總經理說：「每一種天賦都各有其去處。」

並且，我也不希望因自己的過度堅持，讓原來應有所本的「自信」成了只是活在自己世界的「孤芳自賞」。於是，為了在每個文章之前放一篇靈訊，我密集展開通靈與解碼的過程，由於我這幾年來一直以翻譯與閱讀國外的天使訊息為樂，因此已非常熟悉天使語言，為了避免自己在傳訊過程中參雜了熟知的素材在其中，我為自己設下了篩選訊息的門檻——其一是當訊息出現時，我要有莫名的感動，那是高靈的振動頻率蒞臨時會有的情況；或者，我所得到的訊息必須是我自己不曾知道的。

讀者會在文章之中看到，有些訊息的確是我所不認識的高靈所給出、我所不熟悉的教導。譬如純陽之師呂洞賓，我當時連祂是否只是位傳說之中的神仙都不確定，而當時祂所描述的「陽生陰」的道理，又再次分毫不差地吻合了那篇文章要表達的「靈性與物質的相對與相生性」。

而我自己也很意外，經過無數次的檢視與校對之後，當我再一次為了潤稿而翻看第一篇〈生命的里程碑〉時，大天使加百列的靈訊還是令我不由自主地掉了淚。透過這個勉強我自己讓靈訊公諸於世的過程，那個願意讓自己更大幅度地攤開來、任由人們議論評價的勇氣與自信，似乎又提升了不少。

就像我所描述的轉化歷程與洞見，是源於我「自己對自己的交待」，那些通靈訊息也是一樣，我在落筆時不會為了要討好讀者而犧牲其真實性或者偏離本源。雖說高靈訊息仍然必須透過通靈者的身心靈傳遞，中間會有衰減與轉譯的過程，但簡單來說，這些文字最終是根植於我自己與高靈的合作，沒有譁眾取寵的意圖。

很感謝商周的之琬總經理與藍萍主編，她們有夥伴的溫暖，也有專業的見解與力道，最令人感動的是她們對我多所堅持時的寬大。這一次與藍萍會晤後，她說：「讓我們繼續自我感覺良好下去吧！」我們都笑了，心裡溫溫熱熱的。

【後記】

Vicki 終究秉持她的原則而婉辭了推薦序，不過竟然把我給她的文稿徹底看了兩遍，還給了許多珍貴的建議。當時正處於付梓前快馬加鞭的校稿期，我總是有微微的不安感，擔心自己的文字會有一些地方過於主觀或不好入口，有了 Vicki 這位前輩幫忙，我胸中的大石瞬間落了地，這比幫我寫推薦序要更有幫助，我有一種「要五毛，給一塊。」賺到了的感覺，呵呵！

就在此時，我的學生幫我介紹了一位網路上的讀友——查理王，他曾擔任學學文創的行銷長，現在也是自由工作者，在《讀者文摘》有固定專欄，同時擔任多家知名企業的顧問。他在網路世界也有一片天空，擁有許多讀者。我們雖各自身在不同領域，但卻有很神妙的性靈交會。

他在百忙之中、截稿之際慨然答應為我寫序，很令人感動。你們會看到，這三篇文字都可自成一篇發人深省的靈性小品。

到目前為止，三篇推薦序都是靈性圈外的佼佼者所寫的，我彷彿看到了這其中所隱含的徵兆。朋友們和我一起拭目以待吧！

目錄

Part 2

療癒之境

Part 3

師法自然

Part 4 靈魂旅程 189

Part 0

生命的里程碑

妳沒有選擇走鋼琴師或學術研究的路線
是要讓自己從眼高於頂的狀態真正進入凡俗人生之中
這些經歷才會使妳更謙卑
而經歷了若夢浮生
才會甘於平凡　並見到其中的大智慧

而婚姻的經驗
剛好讓妳練習從被金錢掌控與對另一半的掌控之中鬆脫出來
事實上當時是妳被自己掌控了

每一個人都是各種不同振動頻率的獨特組合
稱之為振動模組

就像交響樂團
擁有各種不同的樂器　奏出各種不同的樂音
當各種樂音不協調時　便呈現刺耳的交響樂
這是一個內在有許多衝突的人所奏出的樂音

若能夠在生命經歷之中逐漸抖落沉重的、不對稱的樂音
最終這些振動頻率各自歸位　呈現輕盈而和諧的狀態
你就成了美好的和弦樂音
吸引著眾人的讚嘆

就像晨間的啁啾、黃昏的夕陽、蒼穹的星空
萬物各就其位地在協調之中運行
便呈現自然和諧的美景
沒有刻意　不必費力
大化平衡

大化和諧

——大天使　加百列

I

回想這半生以來，做了幾次重大的選擇，經歷了幾個影響深遠的波折，如今，一切都顯得如此合理而有序。因為知道這一切是神聖秩序中安排好的生命課程，知道自己真的把功課做得不錯，因此在越加了然的心境中，對於未來的人生，想來將會有更多的臣服與交托。而寧靜與幸福感，便在這個時刻靜悄悄地逐漸蔓延開來。

生命中第一次堪稱重大的決定是在小學畢業的時候。學校老師問母親，是否要把我送去光仁中學繼續栽培鋼琴技藝，母親竟然也就轉過頭來問我的意見。我清楚記得小小年紀的自己當時思忖著：「死守著鋼琴似乎會錯失其他有趣的事物。」因此跟母親說我要唸普通國中，把鋼琴當興趣就好了。於是我一路追隨家風，莫名其妙地唸完了理工科系的研究所；事實上，在研究所放榜的那一夜，我輾轉難眠，還是沒有勇氣回家稟報父母，我對唸書做學問早已經不耐煩了。

碩士畢業前，疼愛我的指導教授私相授受地，把我安排給一位來自氣象局的口試委員去做研究助理，於是我沒有選擇地一畢業就進入了公家機關。高中與大學我都沒有考上第一志願，在家中的地位遠遜於一路保送的資優生哥哥；這一回，父親終於認為我仕途順遂，可是我卻每天在氣象局的研究部門悶得半死。

後來我們這個單位來了一位有人情味的姊姊同事，勸我想要轉行就趁早，於是我二話不說地跑去應徵民生報。經過有如星光大道般的嚴苛考試，終於要進入最後一關了。猶記得那一天傍晚，我站在聯合報大樓的老舊樓梯間，忠孝東路上往返的車燈光線被狹長的窗櫺切割得閃閃爍爍地，我滿懷憧憬的告訴自己：「生命要改變了，一定要加油！」然後，我順利地通過了公審一般的最後一關。

在民生報才幾個月，我和另一位同梯的新人便在人事鬥爭中被犧牲了，這是我青澀單純的年輕人生中第一次見識到職場人性的真相。因為已經沒有回頭路了，只好投身在茫茫職海中，以自願降級的學歷、兩萬元起跳的薪水，挑戰完全不了解的繽紛世界。

因為有過量的青春可以揮霍，雖然薪水不高，家人搖頭，自己倒是玩得徹底盡興。也是生命課程安排好的，這個時期的追求者有如過江之鯽，各色人等且生冷不忌；當時只覺得世界真的是太有趣了，一段故事接著一段故事、沒完沒了地嬉戲玩耍。還記得有一次，半夜三點酒氣沖天的回到家，母親坐在房中臉色鐵青地等著我，我為了證明自己可以照顧自己，竟然大言不慚的說：「對！我喝了十杯，不過我現在是走直線回家的！」現在想來只覺得慚愧得眼眶泛紅。

兩性世界的課業在此時像是要趕著畢業一樣地拼命累積學分，如果這個階段的經歷以能量振幅來描繪的話，那麼會是一幅八級地震的圖像被縮限在短短的時間刻度中，年輕女孩所能承受的創傷大概都在當時來到生命藍圖中。因為父母管教嚴厲，而並不親近的哥哥遠在美國，所以當時也只能邊獨吞苦楚邊賣力穿越。一次必須瞞著家人的重要手術之後，我頭也不回的離開了當時的男友，竟然沒有回家好好休息，而慘白著一張臉勉強參加同學會。也許是太需要同儕的溫情了吧……有時回想起來，還會為當時過於逞強的年輕女孩心疼不已。

婚前，老天爺丟給我最後的兩性功課，是一個有關愛情與麵包的議題。當時任職的報社是一家更大的企業所投資的，已婚的企業老闆欽點我加入一個必須出差的計畫中，讓我無法防備地踏入了他設好的局裡。這中間還有其他企業的高階主管居中牽線傳話，安排老闆與我的私下會面。這樣的情勢根本不是我能處理的，在身心逐漸承受過量的壓力之下，我只能強制自己冷靜下來理性思考……

當時僅有兩個選擇，一個是繼續待在老闆的遊戲之中而穿金戴銀，另一個選擇是割捨隱密但衣食無缺的身分，也忍痛割捨報社、割捨疼愛我的發行人。發行人當時正要我選擇自己想要跑的線路，正想把我從經營企畫的角色拉拔到記者的角色。這是一個痛苦的選擇，記者是多少年輕人的夢想哪！我也許可以妥協成為記者，躲在發行人的麾下而稍微遠離大老闆的勢力範圍，可是大家到底是在同一個集團之中，我沒有辦法想像每天在陰影與誘惑中過生活。最終，我還是辭職了。為了不讓疼愛我的發行人誤解，我在離職之前誠實地告訴發行人那一段難以啟齒的實情。

II

離開報社前，因緣際會認識在電視台任職的C君，而那家電視台正好是我接下來要履任新職的地方。雖然C君在五光十色的環境中，當時的身分使得他常常會在路上被攔截下來索取簽名，看起來是光環十足且屌樣十足的，不過我感覺得到他仍保有樸實保守的本質，與我過去身邊的其他人截然不同。記得當時我這樣告訴自己：「如果妳還想結婚的話，就是他了！」

十二年的相處之後，證明了不適合婚姻的人到底還是我。他花了許多時間適應我不喜歡在虛矯中社交的個性，當然，也花了許多時間想要適應我並非傳統妻子角色，但終究沒有成功。對我自己而言，與一個某些地方始終無法相互融入的人終日相處，正好盡可能地幫助我更清楚自己內在的各種面向；而最終在極為艱困的過程後，承認是自己內在那些隱藏的黑暗創造了這些痛苦。

三十五歲的懷孕大限前，我在一切健康正常的體檢報告後嘗試了四次人工受孕，那是我對婚姻加諸在我身上的責任第無數次的屈服，卻是最重大的一次。我很清楚，若我膽敢伸張自己的意志，那麼婚姻就立刻完蛋了，這就是為什麼，雖然Ｃ君會主動表達對我的愛，而我始終知道那不是真愛的原因。當時我是靈性領域的初級生，很認真的使用不熟悉的觀點與方法調整自己，試圖擴張自己的包容性來接受當時認為會充滿危機的新狀態——在不穩定的親密關係中置入一個新生命，以至於每一次受孕不成功的消息出來時，我仍然會消沉失望。

當第四次手術也宣告失敗後，我仰望清朗的天空，有點疑惑那是否是老天賜予的恩典？但這終究讓我解脫了婆婆的緊迫盯人。接下來是小姑面臨了婚姻危機，那讓我有機會對原本敵意甚深的小姑伸出援手；自此我們的關係產生重大轉變，多年後當我離家獨處時，她成為第一位在 msn 上慰問我的朋友。

時序回到結婚之初。好朋友 Tori 來到民生社區的新家拜訪，第二次向我提到光的課程。我淡淡的答應會找機會去試聽，但心中想的卻是：忙碌的公關工作怎麼可能容許我每週空出一個晚上……但二〇〇三年終時，我突然一股作氣地走出當時任職的某品牌加盟總部，而自己開店。過去的同事在開張之初來到店裡找我接公關案，她和我當時都有個天大的誤會，便是以為老闆娘是喝茶聊天的輕鬆身分。於是我慨然接下了這個大案子，展開了沒日沒夜的生活。這樣的日子讓我的身體迅速發出警訊，因此我在一年多後便把店頂讓了出去，成為單純的 freelancer 自由接案者。

突然之間，大筆大筆的時間空出來了。一天晚上，在民生社區散步的時候，我莫名地走向一棟大樓門前，盯著一張不起眼的 A4 傳單猛瞧，上面居然是斗大的「光的課程」四字。我立即心生一念：「現在妳再也沒有藉口可以推辭上課了！」於是我主動報名參加課程試聽。就這樣，我成了「群傑」的學生，三年後竟又在一次巧妙的機緣中回到了這裡任教。

III

開始靈修之後的婚姻生活是百味雜陳的。婆家從一開始擔心我走火入魔，到後來因看到我實際的轉化後改變觀點；而C君則在極為矛盾中，一方面驚喜於我的蛻變，一方面則陷入了擔心與我距離拉大的恐懼中。

二〇〇七年夏天，我跟隨當時的恩師 Elven 到印度合一大學進行三週的修行課程。在那偏遠荒涼的小鎮校區中，我好不容易等到了可以使用 msn 的唯一一台中文電腦，C君一上線便說：「人到了四十歲，發現什麼也沒有，沒有朋友、沒有孩子，工作也沒有意義……」當時C君任職的電視台正面臨空前的危機中，我可以體會那種什麼也掌握不住的空洞與危機感。在千里之外，我頓時從寧靜祥和的高原狀態跌落下來，當晚在與 Dasaji（印度人對於老師的尊稱）的一對一訪談中，我無法遏止的痛哭失聲，對於丈夫的不快樂束手無策且深感歉疚。

二〇〇八年冬末，在一次劇烈爭吵後，他憤而離去，留下公婆對我進行震撼教育，那應該是我有生以來最痛苦的一天。我覺得自己勢單力薄，並且被摯愛以殘忍的方式背棄。於是我當晚收拾行李，按照他在氣憤中的指示——滾出這個家。

在外流浪的這段期間，有一晚，我在靜心中，以旁觀者的身分進入一個短暫且明白的情節中。我完全知曉那是C君與其父母的前世。他在某一個雪地裡的戰役中被現在的父母救了一命，但因為他屬於敵方，因此救命恩人後來受到懲罰而喪命。這故事大概是要告訴我，C君之所以對公婆會天生有歉疚心的原委；但我當時完全被怨忿占據了整個身心靈，無法從這個情節中得到任何洞見與安慰。直到許久以後，我才明瞭，C君與父母的黏連是需要被包容的，那是他生命課題中神聖的一環。若我在這中間感到自己所獲得的愛被瓜分或捨離，若我在中間感覺到自己的自由意志被犧牲，那麼我得開始明白：**從他人那兒企求愛會讓自己始終處於匱乏之中，我得從中學會「自己就是愛」**。那是二〇〇七年底，愛瑟瑞爾天使長透過傳訊者 Toni 的解讀而對我所說的話。

愛瑟瑞爾同時預示了我即將以雙手和訊息療癒他人。結束了那一次離家流浪旅程的數日之後，我展開了靈性課程的教學生涯，片片段段地，我運用符碼解讀來服務學生，直到這服務逐漸成熟之後，我才想起當時愛瑟瑞爾的話語。

二〇〇八年末，我們順著金融海嘯的流，順利地搬進了兩倍大的家中，那是一個有著我許多巧思所布置起來的家。我常常在獨自一人時，環顧頂樓生氣盎然的花園、環顧舒適華美的廳堂而讚嘆，當時我經常想著：「人生至福也不過如此吧……」當時我與C君已大量減少衝突，我也明顯感覺到自己與婆家的議題已驟然鬆脫，我感覺到十多年來從未有過的輕鬆自在。但C君卻時而吐露他的不快樂。我明白我的內在已長大許多，也許我可以從討愛的角色中練習轉換成給出的角色，但這又再度讓我陷入另一種困惑……我一再揣摩如何在不失去自我的情況中給出，卻始終沒有成功。

二〇〇九年底，C君和我在深思熟慮中和平分開，他慷慨的把一棟上海近郊的房子給我。我清楚地感覺到，在那一刻，他和我都得到了一次大躍升；他不再害怕失去手中所掌握的，而我也再一次地實證自己在認真的操練後，從內在的匱乏走向豐盛。

IV

面對離婚的決定時，我破天荒的進入一種「人神分離」的感受。一方面，我的人性在嘗受割捨的痛苦；另一方面，我的靈魂在興奮地期待未知的未來。甚至我聽到深邃內在的話語：「妳終於又累積了一個重要的體驗，等著和別人分享吧……」我強烈感覺到自己的靈與肉還需要一段時間來整合，以協調出一致性。

決定後的第一個考驗是，如何面對當時的學生。我有點擔心一些已婚的學生會開始害怕靈修將導致離婚的結果，但我還是選擇誠實而簡單地交待自己的情況。於是我沉思了沒有多少時刻便寫了一封信給所有學生，宣布停課兩週，然後繼續尋找賃居的房子，並且勉強完成了兩場公關活動。

好友 Tori 和 Vicki（光的課程的譯者）在當時給了我許多支持，剛好是陽與陰的兩種力量。而 Vicki 彼時正好完成《入門——古埃及女祭司的靈魂旅程》這本巨著的翻譯，便把電子檔轉給了我，要我繼續看完這本書。在搬家前的許多夜晚，是《入門》的篇章陪我支撐過去的，而這本書也帶給我多次明晰的臨在體驗。記得一次在電腦前看書時，進入了模糊昏睡的狀態，一幅街道地圖呈現在眼前，清楚指出未來租屋的位置；當然，這間小屋後來的確以其地段與設備裝潢的條件勝出。

我在二〇〇九年的深秋時節，搬離了曾經美好的家園。那一天，冷風驟起，細雨霏霏，C君一度哭得直不起腰來，而我也僅能在打點搬家的瑣碎雜務中，不時拭去靜靜滑落的淚水……

親近的朋友逐漸知道我的情況，貼心表達他們的關懷。我多年以來的客戶——後來的摯友，每週安排一次貴婦級的聚會來讓我寬心。為了留存這些動人篇章，我便在二〇〇九年的耶誕節成立了一個部落格，以「小貴婦的烏托邦」來命名，打算記錄靈修者落實而豐盛的生活點滴。但不久之後，我發現讀者們更需要的是能夠幫助他們自我療癒、以達到圓滿豐盛的文章，因此我便開始放上更多自己翻譯與轉載的靈性訊息。

朋友與學生們覺得我獨立得既堅強又順利，只有我自己知道在隱微中所面臨的種種考驗。在獨居的前半年，我更進一步投身在熱愛的教學活動中，更大量地感受著從奉獻中得到的力量。逐漸逐漸，出去與回返的流失衡了，讓我好一段時間處於疲憊不堪與對學生的牽掛中。我開始察覺，一些學生與個案們變得過於依賴，而我又花了近半年的時間才看到，我當初也仰賴著教學、仰賴學生對我的依賴，來彌補才失去的缺憾。

於是我更往前邁進，並且砥礪自己要堅定地站在自己的新階段中。這期間，也歷經了學生之中的一些疑惑與批判的聲音，因為，總是待命在電話旁耐心傾聽的安琪老師不太一樣了，有時候甚至變得陽剛而嚴厲……就在某一晚，我終於清澈地領悟到：我可以完全理解與包容那些不了解我的聲音之後、所有由外而來的批判與疑惑瞬間消失；在那段短暫的期間中，呈現不穩定狀態的學生們立刻和我齊頭並進，重新回到光的國度中。

V

搬到租屋處大約才一個月，就面臨第一次考驗。某一天凌晨，在腹部的劇痛中醒來，掙扎了許久不見好轉，只得吃力地硬撐著起床，尋找手機裡的通訊錄。前夫C君並不在台北，唯一接起電話的朋友不會開車，我最終是在救護車的呼嘯聲中送進醫院的。猶記在等待救護車的幾分鐘裡，我頹坐在門檻上，竟然還有心力自問：「安琪，妳現在有自憐的感覺嗎？」可見當時的我是多麼地自我要求。

被推進醫院後，二話不說先打止痛針，我立即在過敏反應下不住地嘔吐，於是醫院又再加打止吐針。就這樣反覆嘔吐與打針，折騰了一夜之後，檢查確定是沒有大礙的腎結石，我又有驚無險地回到了家，昏沉而悽楚地度過病痛期。

很快地進入了冬季，隨著氣溫一波波下降，我才想起還有許多冬衣留在舊家。當一疊疊厚重的衣服攤放在此處的床上，而我必須想盡辦法才能將它們塞進狹小的衣櫃中時，我終於開始崩潰，不明白自己的人生為何會走到這裡，為何會讓自己局促在一個勉強才剛好與舊家主臥等大的空間中。

好在春天很快地來臨，我所栽種的植物們爭相展現出驚人的生命力。看著它們迅速地發芽拔莖、開枝散葉，甚至生出比去年還多的花朵時，我真的完完全全地被安慰了，我認定它們就是前來給予我照撫與提攜的使者。今年的春天開始，我的小窩裡始終都用最新鮮的小玫瑰來點綴，都有最芬芳的香草茶可以啜飲，我覺得自己在小窩中變得怡然自得。

而同一時刻，我開始積極地籌畫賣掉舊房子，預備在民生社區買下一個真正的家。上海近郊的房子首先由父母幫忙處理掉了，我衷心衷心地感激父母的協助。這半生以來的大部分時間裡，我多半認為自己的父母是疏離而嚴厲的，卻奇妙地在這段人生轉折的機緣中，蒙受他們的關愛與照料，我甚至首次感覺到自己以小女兒的方式被照顧著。而另一方面，林口的房子似乎是比較難處理的，許多前來聯絡的買主必須由我親自帶看；但我不會開車，且隻身赴約也不太安全，因此幾次交通往返後，我還是回頭向前夫求助了。沒想到在那一通電話中我們又起了摩擦，前夫再一次失控地吼叫，我全身發涼……靜靜掛上了那通電話。

自此以後，我終於全心全意地獨立了，心無罣礙，而仲介也分別傳來斡旋的好消息。兩週後，林口的房子也順利賣掉了，適時地見證了全然獨立後的報償。

而另一頭，買房子的計畫雖已進行了一陣子，卻始終不見條件內的好物件。朋友們紛紛問我，為何不搬離貴得離譜的民生社區，甚至認為那是我走不出陰影的表徵。我的確也虛心地觀看自己內在的變化，並且務實地開始往內湖搜尋到一間合意的屋子。正在我備妥心態打算要搬離此處時，民生社區竟然殺出一間難得一見的好房子，我見獵心喜，只花了兩天不到的時間便簽約買下。我認為那是老天在我內在的彈性擴張出來後，所送給我的厚禮；我不必遠離自己喜愛的環境，但我知道自己也不會執著一定非住這裡不可。

當天晚上獨自在家，我思忖著才豎立起來的里程碑，百感交集，眼淚禁不住涑涑流下。感激所有成就這個夢想的人們，感激自己的所有經歷，也為自己能夠獨立處理完買賣房子的任務感到驕傲。那天單槍匹馬去簽約時，仲介很訝異我沒有親友作陪，我把它當作是一種讚美。

就這樣，我開始想要寫下過往的經歷，記錄這個平凡而深刻的人生故事。書寫時，我的表達對象就是我自己，沒有別人，以保有其真實與純粹；並且我開放性地任由字句帶領，好讓故事在適切的地方展開與終止。每一篇，都負載著我的淚水，或真摯或感傷，甚或聖愛充滿。在（III）的撰寫途中，我哭得痛徹心扉，完成後，進入了一整天的能量洗禮過程。緊接著在（IV）的書寫中，淚水再度決堤；我一方面任情感與情緒藉由哭泣抒發，一方面知道，那又是一次實實在在的療癒。

終於完成了這一系列的回顧，終於，我可以更輕盈地踏上另一段旅程，豎立起另一個里程碑。

深深祝福我自己！

Part 1 單身溫度

某些關係，因結束而開始圓滿

回返愛的途徑許許多多
然而能以眼耳所見所聽的指引
往往無法將人們真正帶往目的地
請以心感受　以身體驗

維繫美滿的婚姻是發現內在之愛的路徑之一
但當維繫婚姻表象的目的先於一切時
那麼反而將遠離愛

人們的更高覺知之中都有一具指南針
始終明確地指向愛
你最初往往看不到它所指示的方向有愛
但它會持續的提醒你　搔弄你
你終將俯首認出　這的確是「雖千萬人吾往矣」的方向

愛　本如是如實的在一切萬有之中
從哪裡深入　從何處走去　都將觸及

——大天使　加百列

我們這些靈性課程的帶領者，大概都必須常常以自身為例，在課堂上輔助講解高靈們所說的一些虛玄難懂的道理。我都說這是在「裸奔」。但就算是放寬了心的裸奔，老師還是得小心檢視自己是否維持在中道上，維持在一個旁觀者的立場上，以抽離的心態描述整理過後的劇情與洞見，好讓這個裸奔分享的過程不會流於是自己的訴苦與表演。

是的，說了這麼多，以下又是一段裸奔式的分享。

在婚姻的最後四年裡，我已投入新時代的領域中靈修，還蠻認真地在觀照自己與丈夫的關係。一開始，我犯了許多初學者的毛病——陷入靈性優越感之中，總是以才學到的觀照技巧來看對方的黑暗面，以高尚的靈性語言來包裝自己的投射與批判；待再進階與深入後，才逐漸把那些投射收攝回來，好好地僅只是觀看自己的起心動念。

在這個時期，我開始認為，只要自己修得夠好，任何關係中的衝突與障礙最後都會回到和諧，所以我總是把目標放在最後得「圓滿」這段婚姻之上；因此任何時候，只要我們有衝突了，我便得遭受自己的二度譴責，認為自己還是修得不夠好，要再觀照與清理、要再努力持修……

因此當最後我們不得不面臨離婚的決定時，即使我的靈魂明確地發出歡呼聲，可是「自我」的部分卻隱然有一種失敗感。果然，這個內在的失敗感吸引了恰當的經歷來到我面前。

那是一個深秋的假日，我才剛剛獨身，也才跟少數必要的對象說明了自己的情況。一位老朋友約我會面，我們放鬆的在一家小有名氣的咖啡店裡享用早午餐，話題當然不出我離婚的緣由。我盡可能地描述自己與前夫的處境，希望她明白這樣的決定有其正面性。也許是我太期望朋友的了解與接納了，因此當她忍不住問了一句「難道別人不會覺得，妳靈修了半天卻保不住婚姻……」時，我的心情立刻蒙上沉重的陰影。當時，我力持鎮定地回答：「那是妳們沒看到劇情繼續上演，也許我的下一段旅途會有更好的伴侶，先不要以暫時的狀態來為人生下註腳吧……」

這個回答看起來毫無破綻，可是我心裡頭卻起伏轉折了好一陣子。當然，這又給了我一次更深入探索內在的機會。煎熬了幾個月，終於在某一個靈光乍現的時刻明白了！

原來，「圓滿」真的並非是表象的、外境的雙雙對對。我知道，這一段關係對我而言，最重大的學習就是：在經歷過這一切酸甜苦辣與興衰起落之後，能有勇氣願意放手，這個放手，意味著自己得著著實實地面對一連串恐懼——金錢與愛的匱乏，以及失去丈夫身分所賦予的光環，因為我是獨立接案的公關，丈夫媒體工作者的身分的確對我的案子有很多助益。我了解到，我們是在更高遠的層面裡圓滿彼此的「關係」，而非圓滿一段時空有限的「婚姻」而已。

好在自己已走在靈性的道途上，那些恐懼也在生命的其他單元裡讓我操練過好些時日，因此能使我不至於在離婚之始承受太多苦痛。我總是在想，若我在沒有內修的經驗下面臨離婚這回事，恐怕會是個爭產不休的局面；或者，我根本沒有勇氣離開婚姻，因為還貪戀著那個有人為伴的位置，以及不時閃耀著光環的身分。

說到此處，我想起前陣子翻閱的好書《靈性煉金術》，它更早先在網路流傳時的名稱為《約書亞的傳導》。這些訊息的傳遞者潘蜜拉克理柏受過完整的哲學教育，有清楚的邏輯思維；再加上天生的通靈特質，因此造就了她理性面與感性面的完美融合，能以次第分明的方式、動人的口吻來傳遞靈訊。而約書亞（耶穌）曾經在地球輪迴多世，對於人類生命的喜樂與苦痛至為了解，因此祂所表達的訊息相較於其他高靈，特別能打動人心，對症下藥。

這本書的某一個段落中提到：「……由於前世所致，他們的關係已經充滿情緒負累，再次相遇的意義在於讓這個女人學會不帶罪惡感地放手，而這個男人則要學著在情緒上獨立，所以真正的解決方案是結束這段關係……」

看到這裏，我大大地鬆了一口氣。但另一方面，卻感慨著為什麼沒有讓我早一兩年看到這個訊息，早一點讓自己解脫掉靈修者無法圓滿婚姻的罪咎感。也許是老天爺要我徹底地經驗自己的黑暗面，徹底地走過「見山不是山」與「見山又是山」的過程後，再從谷底中，憑藉一己之力攀升出來吧。

婚姻不是靈修的絆腳石

想像自己是一個滿盈的水盆
有眾多手從不同方向拉扯與挪移這個水盆
那麼盆裡的水必定沒有方向性的潑灑出來

這盆裡的水就是我們的內在情況
它可以代表愛、豐盛或力量
眾多的手則代表外在的影響

但若不是你的認可　這些外在影響不會有效果
當你們的內在沒有定見時
必定在各種世俗價值觀的影響之下　不斷內耗自己的能量
讓自己筋疲力竭

向內在尋找你所需要的吧
它們會幻化在你外在的生命裡
那裡有生命的熱情、勇氣、感知力、愛、豐盛、洞察力、至高神性
那裡有陽性與陰性的至高力量
那裡有神聖力量的指引

親密關係是最能精煉生命的機緣
關係裡的痛苦困頓　可以促使你轉瞬間觸及過去所無法領略的無條件之愛
關鍵在於　你是把痛苦內化為淬煉自己的力量
還是僅僅習慣性地把過錯投射給伴侶

事實上
伴侶雙方本就在各自的旅程上
透過了儀式與禮俗
你們在形式與現象上攜手並進　或說是認定彼此應該攜手並進
但靈魂層面　你們仍然在各自的旅途上
只是藉著彼此相伴的過程裡　演化各自的靈魂成熟度

不要被眼前的外象所誤導
巍峨險峻的城牆背後其實是壯麗的城池
聆聽高牆背後的美好樂音
它會引你輕易打開這堵城門

——大天使　加百列

前文〈某些關係，因結束而開始圓滿〉引起不少迴響，其中一篇署名「一個無助的丈夫」回應如下——

婚姻關係
會是靈修過程的絆腳石嗎？
因為夫妻之間心靈總會有段距離
或者說
靈修的人終究不適合婚姻制度
束縛？承諾？堅貞？解脫？
是先生不夠好？做錯事？
還是靈修者太過於追求心中的圓滿與靜心的境界？

——一個無助的先生

我看了頗有所感，回想起自己在婚姻的最後四年裡頭，與C君之間看似因靈修而起的微妙變化。

婚姻關係是靈修過程的助力而非絆腳石，因為伴侶是一面難以迴避的鏡子，總能夠深切的照見我們自己內在的真實狀態；反之而言，靈修也並非婚姻關係的絆腳石，但它會彰顯婚姻關係中原本就存在的黑暗。

沒有任何一段婚姻中是沒有潛藏問題的，在一般情況下，小我傾向逃避問題核心，所以夫妻們不是假裝沒看到問題，就是也僅能盡力以世俗的方式來解決問題，但終究會發現，任何「方式」也都只是解決問題的表層而已。譬如婚姻專家強調的「溝通」也只能獲致彼此的了解，最多不過是達成暫時的共識。僅止於「溝通」很難讓一個人真正面對自己內在的核心問題，並加以釋放與療癒；但那核心問題會不斷產出屬於同一議題的負面狀況，重複在生命中伺機而起，那是世俗的任何方式也解救不及的。

但靈修會促使一個人回到內在，在那裡，你不去看那些潛藏的黑暗是很難的。沒有勇氣面對自身黑暗的人，很快會放棄持修道途；但繼續走靈修之路的人，將會在黑暗中輾轉掙扎，將會被生命中的挑戰所困頓與糾纏。也許有好多年的時間，靈修者會懷疑自己的信念，會咒罵上蒼與那些耐心陪伴的教師與存在們。但是親愛的朋友們，加百列天使以其之名，此時全心全意地保證，**誠實面對自己的代價是：你會連結到自身內在的神性源頭，會拿回上蒼曾賦予的力量，不只是穿越黑暗的力量，而且是重新創造的力量。**到那時候，你想要創造什麼，你就會擁有；生命也許不會馬上呈現天堂般的境界，但你會非常清楚，那些參雜於大片光明中的小黑點，不過是為你打造幸福的必要素材。

去年九月份，為了準備要從之前的租屋處搬到新買的房子，我得回到離婚前的舊家打點尚未搬離的物件。前夫剛好出國，我先知會了他，以便在這段期間隨時回去打包與丈量。就在當月颱風來襲的前夕，我回到舊家要丈量即將搬遷的大型盆栽，為了找尋一把卷尺，意外地看到了前廳與寢室中充滿了精心裱框的美女照，長髮大眼、腰支款擺，大約是六到七種或柔美或艷麗的風情，有非常明確「宣示地盤」的意圖。這動作其實並不符合前夫原本寬厚自持的個性。回到自己的租屋處後，我的腹部劇痛了一天一夜，但隨著凡那比颱風驟雨狂風的呼嘯而過，腹部中的千年化石似乎也隨同化解了開來。

我後來想起，才在不久前曾經認真的思索著：新的人生、新的關係不斷帶我往前，不斷豐富著我的生命。於是在一種幸福滿盈的情況下，我不由自主的動念祝願前夫也能有人陪伴，也能有這樣的幸福感，但願我與前夫之間的怨懟，能在此時進入尾聲並徹底平衡；只有這樣，我自己才能更輕盈無畏地繼續我精采的人生。為了「愛自己」，我們會明白，「更寬廣的愛別人」才是唯一選項。

世俗中的伴侶之間，經常以愛之名而行掌控之實，婚姻制度本身便無奈地具備了這個特質；婚姻生活中許多被賦予的角色與責任，都是基於恐懼而生，並非因愛而生。但至今我仍不反對婚姻，因為婚姻總是能讓我們進入寶貴而難以迴避的學習機緣；至於你是在婚姻中享受、學習，在其間粉飾太平、被婚姻完全擊潰，還是藉著婚姻逆風而上，那麼只有你自己能選擇了。

無助的丈夫，我了解你的辛酸吶喊，但這條生命道路你會繼續走下去，一旦你能夠在彎道後親眼見到鳥語花香，你便會領略這一段痛苦的神聖意義。

離婚後，我曾宣稱過想要一段能彼此榮耀的關係，也曾不知天高地厚地向上蒼承諾，我要開始學習去無條件地支持我的對象。我並非已水清而無魚，到底還是盼望有個人彼此陪伴、能彼此了解與支持。但因為我已從經驗中徹底明白，像過往般只想著要改變對方、想從對方身上獲取關注的日子，太多匱乏與痛苦了；而走過了那些曲折幽暗的小徑之後，此時反而會有更多想要給出的動力。上蒼似乎總是能很快地回應我，也許眼前又會有另一段學習歷程，也許恐懼焦慮將不時襲來；但一切外在經驗，都是為了映照自身的某種內在情境，那麼我會期待下一段關係所反映的自我樣貌，也好奇它將帶來的見證。

WEDGWOOD

生命的匍伏與伸展

——寫在進住新家之前

先驅者不會選擇進入一個平靜無波的人生
因為他們不會甘於身處在停滯不前的生命狀態而不去突破

你們的確胸懷任務而來
在你們的故事裡　不時會需要斬妖除魔
在那些難以度過的痛苦過程裡
你們會需要與上層世界保持連繫
但往往在此時刻

你們會忘記自己是更大家族心繫的成員
會忘記上層世界始終都在關照著你

你們每個人都是一座帶著罩紗的金字塔壇城(註)
只待你掀開罩紗　呼喚出上層世界的神性本尊
那麼你便會被賜予行走世間的指南針

匍伏的日子裡
是你們修煉身、口、意的最佳時機
單獨清靜的時光　正好可以清理向外的觸角　去蕪存菁
讓自己成為對稱細緻的曼陀羅
以便再次伸展時　能夠傳達出精純的能量狀態

——蓮花生大士

　　過去幾年裡，報名了兩次瑜伽課，兩次都有一搭沒一搭的學，從來沒有真正完成整套課程，因此讓我對於這奧祕的動態靜心法有那麼點兒敬而遠之。

　　明天即將搬到新家，這幾日難免對這個待了一年的居所生出幾許依依離情。這個小窩不到舊家的四分之一大，地點與設施當然也都遜於舊家許多，就連每天睡眠的床墊都從席夢思變成了unknown。不過這地方意外地讓我蓄積了好多能量。這一日，我突然想到那與我緣分淺薄的瑜伽，想到這個小窩似乎像是瑜伽裡的「貓式」，看似低調匍伏，卻是蘊含力道的伸展。

　　兩個月前，前輩來到租屋處與我小聚。由於她也到過舊家，因此門一打開、眼神一

壇城

為梵文Mandala的意譯，Mandanla的音譯即為「曼陀羅」。

壇城的外在意義，是指諸佛菩薩本尊安住的淨土宮殿；內在意義，則是眾生心的清淨相；淨土宮殿正中央的本尊，就是眾生本來清淨的佛性。所以壇城不僅象徵本尊的智慧和威德，同時也是一種顯示宇宙真理的圖繪，一種「無限的大宇宙」和「內在的小宇宙」相即的微妙空間，在藏傳佛教常作為觀想修行之憑藉。（以上解說截取自「噶瑪天津仁波切官方網站」）

萬事萬物最基本的解構狀態便是「振動模組」，當一個人的內在處於寧靜平衡的狀態時，這個振動模組便會形成細緻對稱的狀態。幻化為聲音，便是天籟合弦；幻化為圖像時，便是美麗和諧的色與光，這便是曼陀羅的對稱樣貌。

流轉，便脫口而出：「妳和我一樣……捨棄了不少呀……」前輩的父親與宰老是同輩分的本土知名企業家，她二十年前執意要走自己的路，背離即將接掌的家族企業而避走泰山閉關。被她這麼一說，我雖嘴上立即回她：「跟妳比起來差太多了！」但心裡頭還是有那麼一丁點得意。

昨天一邊著手開始打包，一邊竟然開始懷念起這個小窩了。

當初挑到這暫租的地方，看上的是它才剛剛裝潢好，有齊備的家用設施。但一入住之後才發現處處都要調整適應……這裡牆壁薄得可以聽到隔壁情侶的對話，颱風暴雨時會滲水，熱水器修了五次才堪用，沒有瓦斯爐可以烹調，沒有梳妝檯，每天打電腦的地方大約只有一公尺深、六十公分寬，衣櫃則小到曾讓我在無法塞入冬衣時掉下眼淚……

不過，這裡真的是我人生的轉運站，是調養生息迎風再起之處。在這裡，我讓空講了兩年的部落格開張了，寫作和翻譯的文章加起來快要一百篇；因為沒有了家累，我才敢放膽多開兩個班；並且交了幾位無須多話但卻知心的好友。

在這裡，我經歷了許多的人生第一次：第一次著著實實的獨居，第一次強迫自己鼓起勇氣打蟑螂，第一次處理賣房子與買房子的事情，第一次自己操盤新屋的設計裝潢、選擇各式家電品牌型號，並獨自做下一籮筐重大的決定……

還有，第一次從被制約了十二年的生活習慣中掙脫出來。曾經，每當夕陽西下時分，朦朧的失落感開始瀰漫，我便強迫自己下樓用餐，漫布的失落感總是在餐畢之後凝結成為焦慮恐懼……彷彿在身後追趕似的，我只好匆忙的再趕著回家，一邊安慰自己：「回到家就好，回到家就好……」有那麼個銘刻在細胞裡的慣性模式已成細碎殘影而無法回復，任由自己怎麼堅強與理智都揮之不去。

因為，曾經有四千多個日子，晚上的重頭戲是等待丈夫下班一起用餐，然後並肩進行餐後的散步，行進間我們會交換那一天的經歷與心得，再心滿意足的回到家。驟然失去這樣的親密時光之後，日復一日，日復一日地，也不知道什麼時候，那夕陽西下的低潮魔咒終於在無意之間消失殆盡。只記得某一個月牙初昇的晚上，一樣是行走在菩提林道的歸途上，我愕然發覺自己已然沒有半點空虛感殘留，這一步一步行走得安然自在。我於是自顧自地，滿意的微笑了起來。

前輩曾安慰我：「一個人的生活剛好適合安靜的向內走，未來妳會發現這段時間的真正意義。」現在想來真是如此。雖然這一路向內走去之間，過往那段日子仍然不斷有新的意義在萌生，但這段獨自生活的時間，的確使我的靜心品質進入空前的寧定狀態，並且向內收攝與觀照的力道更為純粹；有趣的是，由這樣的內在狀態所向外行使的一切作為——

教學、寫作、與人互動……都相對而流動出更強大的能量狀態。

一些嶄新的機緣因此趨向前來，譬如因為部落格文章而引來了出版計畫，在某個機緣的催促下終於勇於運用自己的通靈力來進行諮商服務，學生、讀者與網路社群的支持者越來越多……值得一提的是，本來以為，離開上層社會關係良好的C君之後，會因而離開與那個領域的連結，但我卻著著實實目睹著自己以純然無求的狀態所吸引到的緣分，這其中仍不乏來自媒體、企業界、醫界，甚至環保與農耕界，當然還有靈性界的社會賢達，而這些收穫是當初不設立場、沒有預期的，純粹只是自己向內自修並向外實踐而已。

我想，我沒有辜負這一年，謝謝這裡，明天再見。

追憶與出離

當你與伴侶手攜著手親密地散步時
你的心底仍然是孤獨的
這個在你心底的暗影　在有人相伴時難以被釋放
因為暗影會把它自己投影在伴侶身上
引開你對自身的注意力

現在　你有的是機會來徹底面對這個暗影了
我看到你正在擁抱與親吻這個暗影

你正在發現　暗影逐漸成為妳的養分
就像許多人厭惡的毛蟲　卻餵養著美麗的鳥兒
你好好的享用它　它就能滋養你

你總要著著實實經歷狀態的兩端
結合與分離、親暱與孤獨、死亡與新生……
才有可能真正進入那超越了兩端的了悟之中
了悟裡面才有包容與無須回報的愛
你們每一次在某一個二元對立的議題中歷練
就是在冶煉礦石的其中一角
最終你們會成為所有面向都閃耀著光芒的鑽石

如果能以你內在的光照向過往記憶中的幽暗
那麼就會有更大的光為你點亮未來的道路

你所嚮往的庇蔭、伴侶、自由　就在那裡

——大天使　加百列

十多年前曾被身邊的伴侶提醒：「妳太愛回憶了，人生要往前看。」他的社會歷練顯然比我成熟，因此我虛心受教，小心檢視自己的這個弱點。但逐漸地我觀察到，那些總是避免提及往事的人們，似乎也有粉飾太平的傾向，畢竟現況是過往所累積而成的，逃避過往便無法正視現在。

總而言之，過度的回憶是耽溺，不回憶則是逃避，兩者都無法面對現實，看到真實。

一年前離開C君時，很率性地只帶走了少量實用的細軟，除了床頭的彩繪天使聖像之外，紀念性、裝飾性的物品一概都留在舊家。人生至此，出離才是要務，追憶完全不在排序清單中。當時，回憶的確是一種奢侈與虛浮。

我給自己一年的時間賣掉兩棟小房子來買一個屬於自己的新家，當時覺得頗為艱難的任務，竟然也堪稱順利地辦到了——六月六日賣掉第一棟房子，七月七日賣掉第二棟，八月八日簽下新屋合約。於是前段日子的重頭戲便是打包搬家，除了這一年暫時窩居的房子得清理之外，我得回到一年前的舊家收拾當時來不及帶走的物品，不管我願不願意，我必須再度經歷一次追憶與出離。

這年九月前夫前往美國好一陣子，我第一度回到舊家打點植栽。離去前，為了尋找卷尺來丈量預計要搬離的大型尤加利樹，竟然才看到放了一整個屋子的某女子沙龍美照。我一邊苦笑自己神經太大條，一邊品味著心底的不是滋味，並且還思忖著這女子的積極心境……

第二度回到舊家便是要決定物品的去留了。我快速地打包完成了必要的數個箱子，最後一刻，突然想到要翻翻過去化妝台下的幾個抽屜，那是最親近私密的收藏所在，不知道是不是自己打從心底想要避開，竟然會差一點就略過這片區塊。

那些首飾與化妝品很快地在眼前掠過，然後，我看到壓在最下層的，整理分類得清清楚楚的大量卡片。隨手翻閱了幾封，看著那些密密麻麻的、其實是相當溫柔而真摯的話語，看著落款的日期這麼接近，還是從心底生出了幾許唏噓……突然間，靈光一閃，我挑了兩封最煽情的卡片，分別壓在寢室內外各一個沙龍美照的相框底下，然後轉身離去。

走下樓梯的短暫時刻，我猶豫了幾回是否要回頭把卡片收回……但後來還是任性的離開了舊家。下午與好友碰面時，我稍稍描述了這一個片段，並且大呼了一聲：「跌落的感覺好爽喔！」我要感謝朋友的寬容，她大概覺得我平日嚴以律己，對於我這個挑釁的動作不但沒說什麼，還拿這個例子勸誡學生，不要老把自己綁架在靈性的高檔狀態，得誠實面對自己內在的真相。

這個逗弄調皮的動作結束後沒幾天，搬家的日子到了。再一次地，我又得回到舊家進進出出地指揮搬運事宜，將所有物品集中在新家之後，又忙著歸位與布置了好一陣子。才剛剛安頓下來，某一天好友問我：「結果那些卡片有沒有引起風暴？」……愣了一下，真的，我壓根兒沒想過這件事的後續情況，甚至搬家當天在現場時，也就是前夫終於從美國回到台灣的翌日，我也沒想到要關心卡片是否安在。我對自己呵呵一笑，欣慰地想，也許我已經要跨越最後一關了。

某一回，朋友要求我翻拍二〇〇〇年與一群友人出遊的照片，我才想起，過往所有的照片竟沒有半張被我帶走。這裡頭有我最懷念的南非克魯格國家公園的野生動物之旅，有二〇〇〇年在紀政帶團之下旅遊內地沿海八個城市的支持北京申奧之旅，裡頭有著與陳怡安和林義傑的珍貴搞笑照，有東京自助與法國自助之旅，當然也記載著許多與前夫共遊共處的片片段段……

也許是靈修帶來的邊際效益，對現在的我而言，追憶會逐漸在自我觀照的過程中整理與精煉，然後粹取出其中某些沾附不去的重複脈絡與模式，自己因此而能據以轉化與釋放。既然最後留在心底的是這些已然超越了回憶的結晶，少了執著與耽溺，出離會變得更為輕盈而從容。

「基於執著而追憶」和「基於逃避而出離」，都需要被轉化；但是「為了療癒而追憶」，那麼必然會「因為提升而出離」。

你的追憶是什麼？想出離的又是什麼？說不定，他們只是一體的兩面。

無常與永恆

如果人們以自己的需要來衡量他人的給出
那麼會錯失許多美好
若能以對他人的理解來衡量你們之間的互動
那麼這裡頭會衍生更多的愛

你是一棵生命樹
靈魂的經歷雖然變化多端
但從過程中淬煉的養分

始終在灌溉這株不斷伸展的樹
無常的是經歷
永恆不動的是這顆被滋養的樹

——大天使　加百列

這篇文章要發表，是比公開其他有關自己的描述更困難的。我不禁一再反問：「有必要這樣披露自己嗎？」這麼做的目的與意義是什麼？

「讓朋友們有個參照的真實案例？」是的，有那麼一些……但再往深處走一點，我發現更大程度的披露自己，似乎是一種「儀式」；千真萬確地記錄了自己的反省與洞見，於是這過程本身便會成為轉化我的樞紐，能夠賦予我新的身分。然後，我便能繼續一段新的生命。

自從十一月十一日之後，生活裡面就充滿了微幅起伏的狀態。

來了一批新學生，走了一批曾經像姊妹般的舊學生；不經意地出現了新的朋友，也有曾經很珍惜的舊朋友離開；多年來的公關案壯士斷腕地交出銀子繼續淡出，而開天闢地的第一本書正要開始……

為了在這些得失與無常中找到寧靜，我的內觀之路只能越走越深、越看越精微。

週一的課堂上，我有感而發地說：「當外面的世界上上下下的時候，有那麼個片刻，真的很希望身邊有一個不變的、可以讓我倚靠的伴侶。」接著我笑笑說：「但明明知道永恆不在外面……」學生回說：「老師，連妳都有這樣的時候，讓我們覺得鬆一口氣。」原來老師的虛弱也可以安慰人。

事實上，在那個希望有個溫暖懷抱可以遁逃的片刻，我回想到許久前的一個下午。在我剛剛成為自由工作者的那年，曾經為一家極為知名的建設公司做公關案。公司體制龐大、部門分工徑渭分明並且明爭暗鬥，我在那一場高調的記者會上，突然間成了兩個部門爭功諉過的犧牲品。我忍著莫大的屈辱感與連日來籌辦記者會所累積的身心疲憊，登著逞罰似的高跟鞋忙進忙出……終於，結束了第一幕的表演節目，剩下的流程比較簡單了……我站在舞台的旁側較為鬆懈地待命。突然間，感到整個世界的聲息逐漸褪去……耳鼓朦朦朧朧的……我的心智知道自己快昏倒了，於是趕忙讓意志力一鼓作氣凝聚起來，繼續警覺地、分分秒秒地度過了那一場冠冕堂皇的記者會。

那段時間是多事之秋，我身兼三職，因為不堪繁重的工作，已讓免疫系統出狀況，於是關掉了店面。而在想要單純地承辦公關案之初，又碰到了刁鑽的客戶。總之，那一天回到家後，我的身體崩潰了，從眼窩開始疼痛到太陽穴與後腦杓、一直延伸到整個背部，長期強忍的情緒與精神壓力，終於超過身體所能承受的張力，即使忍不住連吃幾顆止痛藥也毫無效果。黃昏之後，C君下班回家了，他坐在床緣探看慰問的那一剎那，我抱著他失聲痛哭，虛弱地說：「不管外面的世界多複雜，只要想到家裡有你在，我就好安心。」

這竟然是我第一次完全坦白地表達我對他的情感，或者說，這是我首次沒能在理性主宰的情況下，肯定了他對我的意義。此刻想來只覺得好慚愧、好惋惜。

離婚一年多，過往的餘韻總是在死而復生、生而轉進之中，一波波往無極無限之處推進。每一次覺得雲淡風清了、毫無罣礙了，便會又有一些底層的暗影冒上來等著被轉化；在轉化之中，我必定又會對過往的故事有更新的洞見與陳述方式。

原來僅存的那些怨懟，竟然也一點一滴的轉換為感謝。

有那麼個驕傲自恃的妻子，總是那麼節制自己的溫言軟語，而他竟然也能克盡己職地對待妻子，在人前總是不住地誇讚她，彷彿是她榮耀了他。他也盡力了，那些曾經我認為他應該扛的責任，其實僅僅是我們當時都無能為力而已；我現在深切地知道，他已盡他所能地愛我了，尤其是對一個當時如此匱乏、如此吝於給出的妻子。

我曾經竟然以為是自己修得好，才得以讓我們的婚姻在平和中結束。但此刻我很肯定，若他沒有站在制高點寬厚地告訴我：「妳將來會飛起來。」然後在抱頭痛哭中放了我，並且大方地給了我一筆錢與一棟房子，我們仍然會繼續在舊的問題中糾纏不休。事實上，打從認識的一開始，他就對我讚美不斷，我的自信是被他喚醒的；而決定結束婚姻的那段口白，竟也是以一句溢美之詞開場，只是我當時聽得惶恐不安。

我不是為了懊悔而回憶的。隨著一次次回返故事中改寫它，那隱約的晦暗之處便逐漸光亮起來。雖然逝者已矣，我與前夫也許再無機會見面，但這懺悔與感謝正在改寫我自己的歷史，而我的未來也因而及時地改變軌道。這個充滿感謝的此時此刻，正成就了我的永恆，我那更新的、更光亮的永恆。

後記

上週四感恩節，本來就要寫篇文章感謝前夫的。拖了許久，終於在今天好整以暇的要下筆，但多日以來蘊釀的語句，竟然突然消失無蹤了，我只能追蹤這些日子以來的內在發生。

就這麼地在回溯再回溯的過程中，漫延的記憶浪潮伴隨著真切的悔悟，逐漸洶湧起來。本來只是要感謝，意外地在進入了深邃的內在空間中發現了巨大的慚愧。

在自己層層疊疊的清理過程中，我衷心衷心地希望，在那無時空的能量交匯處，前夫也能同步地有所解脫。雖然他現在身邊已有新的伴侶，但最好能夠不再帶著舊傷前進，能讓身上的負累越輕越好。目前我已不方便在實質面上貢獻些什麼，僅能再一次真誠的披露我自己，表達那真實的感激與懺悔，隔空告訴他，他過去所努力付出的一切，我都明白，都很值得，並且，它是珍貴而永恆的。

看到前世緣分的神聖性

如果能認知這一世是個投射的結果
那麼前世便是一部過往投射的紀錄片
是幻影中的幻影

妳曾有避居幽谷　執意於空中樓閣的前世
也有混跡於販夫走卒的前世
那不僅在完整妳光場裡的各種面向　讓妳雕琢成二十面體（註）的完美幾何
也是促成妳如今扮演靈性老師的履歷

那在在都是讓胸中之愛從無形幻化為有形的過程
這是你們投生在三次元世界的殊榮
也是你們一再輪迴的目的

放眼四方　望向周遭的人們
他們有些是你的前世
有些會是你未來的角色
尊敬他們這一生活出的樣貌
因為他們都是你

——大天使　麥達昶

我在二〇〇八年十月份，透過光的課程的訊息管道 Toni 來聆聽高靈回應我當時的難題，那是我唯一一次透過靈媒管道來給我建議，但受用到現在。

曾聽過我上課的學生們多半知道，我並不鼓勵人們在有困難時不斷求神問卜、算命諮商，因為人們在虛弱時格外需要向內的力量去精煉自己，這本來就是考驗現前的用意；但一般情況恰好相反，虛弱時便不由得想要抓浮木、尋求外在力量，結果是越算越心驚、越諮商越迷惘。

問題不是出在市面上的算命占卜與諮商這些林林總總的服務方式，是我們自己是否已在困頓時向內觀照過自己，是否還把人生的自主權握在手中。如果答案是肯定的，那麼諮商占卜就能成為參考與對照，而非被扭曲為人生方向的指引與操縱力量。

我在本文末尾公開了那一次的諮商內容，大家會看到當時愛瑟瑞爾天使長說：「妳的丈夫與妳是緊緊相連的，這比任何事都值得尊重，妳們不會分道揚鑣，但這其中還有一些衝突。」但有趣的是，我們在那一次解讀的整整一年之後離婚。有一段時間裡，我每每思及那一次的天使訊息，都會有所疑惑；但現在的我則頗為肯定，那其實是前夫與我選擇了一個抽離過往模式、並且更高階的人生道路。

二十面體

是含有四面體、立方體、八面體、十二面體等所有神聖幾何的結構。而這些神聖幾何體，是構成物質世界萬事萬物的基礎結構。

每個人的選擇與機會本來就是無窮無盡的，無窮個「我」始終在無窮個平行宇宙中同時並存著。有的過著夢想中的生活，有的繼續依循常軌的過日子，只待人們選擇其中一個版本來進入與體驗。我在〈生命的里程碑〉文章中曾經提到，自己在面臨離婚的當口，清清楚楚地感知到自己的靈魂瞬間從人間的痛苦中抽離出來，興奮地企盼著前方的新人生，並且大聲告訴自己說：「等著和別人分享妳的經驗吧！」也許就在那個瞬間，我的人生路線進入了另一個平行宇宙之中，有著過去無法逆料的風景在那兒等著我。

這兩年多來，我不時拿出這篇諮商內容細讀，每一次都有新的體會，並且也試著去看到階段中的進展之處。一開始，的確會聚焦在前世的劇情中，並且對於前夫過往對自己的虧欠有執念，甚至會因為天使指出了前夫的課題所在，而強化了自己批判投射的正當性。接著，我決定放下這些劇情與課題的描述，只是單純地在每一次感到不舒適的時刻，練習回到內在自我觀照。離婚的半年多之後，我在〈生命的里程碑〉的半自動書寫狀態中，首次真真切切地領悟愛瑟瑞爾所說：「妳這一生會有許多要去經歷的，其中最棒的就是去接受妳自己是愛。」這回事，而當初，我在聽到「接受自己就是愛」這些話語時，輕蔑地覺得那是高靈尋常的鼓勵言語，不過是陳義過高的說法。

一月份的某一天，前夫細心地收拾了一些我殘餘在舊家的瑣碎什物要來到我的新住處。其實當天從早上一睜開眼，我就明顯感覺到身體僵硬並且反胃；下午推遲了一個約，思忖著晚上前夫的約是否也要取消。我感覺到，內在對於這次會面有好大的焦慮與不明就理的抗拒，於是我決定好好去面對。

晚上一邊洗著碗盤一邊等待前夫到來，一股想要哭泣的感覺升起。由於自己經常與身旁人們的情緒與身體狀態共振，因此不確定這是否是原生的感受，我暫時按耐了下來。電鈴響起，門打開來，我霎然見到一張極為憔悴的臉，哭泣的感覺又快要升到臨界點；壓抑著心疼與詫異的感受，我趕忙進進出出地收拾那些瑣碎什物。終於，林林總總的東西整理到一個段落，前夫與我各據一張沙發坐了下來，我開口娓娓描述自己最近在臉書的心得。也許這樣平凡而溫暖的交流又喚起了某些回憶，沒待我講出幾句話，前夫便漲紅了眼睛，淚水再也無法遏抑地奪眶而出；我也緊跟著流下眼淚，並且像孩子一樣地舉起手臂前後擦拭，一邊還同步繼續著嘴裡的描述與分享，似乎堅持著要好好講完，不然再也沒有機會。

前夫離去之後，我片片斷斷地宣洩水漲船高的哭泣勢能。就寢時，在排山倒海的淚水中，我堅決而大聲的、幾乎以命令的口吻在心中向老天爺和天使們說：「請立刻剪斷我與前夫的殘餘絲線，請立刻協助我做這件事！我再也不要因為這些連結，讓兩人在往前行進時還有牽絆與陰影，我寧願不要再有連結！」因為真正的不捨，才寧願痛下決心捨下所有的點點滴滴。

如果前夫此生的願望是成為一位父親，真正投入自組的家庭中，完成在那一世與我之間尚未完滿的願望，那麼成事不必在我；目前我所能做的，就是看到內在最後一丁點隱微的執著，然後更堅決的清空那些牽連與記掛。

在超越前世劇情之上，總有那神聖的意涵，總有那導演劇情背後的真相；在追索這真相的路途中，不知不覺地，會進入那神聖意涵中，體驗到，自己就是愛。這其中沒有偉大，因為這是唯一的路，別無選擇。

給安琪的訊息──天使長愛瑟瑞爾透過 Toni 傳遞

二〇〇八年十月

愛瑟瑞爾向妳問好！

我們一直以來都在觀察妳的靈性、妳的身體，以及在妳之內的一切。妳這一生會有許多要去經歷的，其中最棒的就是去接受妳自己是愛。在妳之內的愛是強大的，這愛正在療癒，而妳所渴望得到的愛也正在滿全中。療癒是一個改變的過程，當妳療癒了從前世所帶來的課題，那麼妳便已在療癒妳自己與妳此生的過程中。

妳曾經選擇，要在這一生療癒從前世便深植於心的孤獨與痛苦。妳的丈夫在妳前世就已認識，他曾經是妳的父親，總是在妳生命中缺席；他是一個無須在外地出差時才願意回家的父親，妳只能在特定的幾次機會才能看到他。妳看著自己的母親在沒有愛中活著，妳知道在她生命中並沒有真正的愛……在此生，妳的靈魂選擇這父親成為妳的丈夫。

妳曾經的協議是要接納他，並且寬恕他從來不曾在妳的生命中出席，但卻存在著從他前世所帶來的憤怒。妳的丈夫就像妳前世的父親，他無法在情緒與精神層面與妳溝通，他的功課是：學習去愛此生自己的妻子與自組的家庭。這個從他前世帶來的憤怒就像是包袱，在這一世，他的憤怒尚未被解放。你們的協議是：去協助彼此從各自前世的業力中解放出來。

妳以進入光的工作中來作為轉化前世經驗的機會，我，愛瑟瑞爾將與妳同行，協助妳穿越恐懼與焦慮。他渴望成為父親，因為他有一個「想要給出比所能更多」的需要。他有需要讓自己在父親的位置上，而妳的角色便是從他的缺席與離去之中療癒妳自己，並從妳對於「你是誰」缺乏了解之中，去療癒妳自己。

因此在這一刻，接受妳已被光所觸及，妳的心正打開去體驗改變，接受妳正在療癒的體驗中。而在此過程中，妳接受自己成為那美好的意識，正如在妳心中與靈魂中想要成為的完美女人一般。要對這過程有耐心，這是一個逐步放下從前世而來的憤怒、恐懼、失落、空虛的過程。妳也會逐步知道，自己將會是為他人帶來療癒訊息的光的存在體，隨著妳靈性發展的同時，妳接受這事工，來作為返還他人需求的機會。妳將會練習以碰觸來進行療癒，妳將會練習以能量來破除焦慮、恐懼與其他活動（能量層面的活動）。

現在，帶著紅寶石的能量，看到妳的心正在朝新的療癒階段覺醒中，請有耐心，療癒正在接收之中。妳是一切妳之所需，妳正在平衡的狀態中回應妳之所願。妳的丈夫與妳是緊緊相連的，這比任何事都值得尊重；你們不會分道揚鑣，但這其中還有一些衝突。釋放恐懼與失落到光中，釋放改變的恐懼到光中。接受療癒已在情緒之中發生，而妳也正在回應療癒的力量。放下對自己與他人的批判，去觀想妳的丈夫與妳正進入一個新的循環中，展開真正的親密關係狀態。請要有耐心，向光打開，放下恐懼，一切如是，進入寧靜和平之中。

從自身找到圓滿

伴侶是最能反映自身內在匱乏的對象
你匱乏什麼　你便渴求伴侶回饋什麼
而在千方百計　千迴百轉之後
往往那渴求依然無法被成全
除非你轉入內在　從自身找到圓滿
這是自然界的必然　也是宇宙的恩典

我看到你漸入佳境

正在過往的匱乏之處注滿自身
逐漸活出單獨而圓滿　寧靜而溫暖的狀態

即使你的形象是獨立堅強的
過往的你仍然是病弱的
你內心渴求著強者來解救與照顧你
一旦有某些線索顯示對方不符需求
這段世俗之愛便開始崩解

接下來
你會開始認出自己的力量
那麼內在的愛便能自由流動
妳的給出
將不再受制於關係中的高下與比較

如果你希望新的關係中要以「分享」取代「討愛」
那麼繼續圓滿自身
滿溢出去的　自然能分享給對方

——內在聲音

在網路上看到朋友轉載安德烈波伽利的演唱影音，聆聽之間突然在想，如果有個伴一起去欣賞演唱會就好了……

親近的朋友知道，在獨自生活之後，我比較常感嘆的是：自己過去最鍾愛的山野踏青活動變得屈指可數，因為不會開車的我無法獨自完成上山下海的任務。所以最常讓我覺得需要伴侶的片刻，多半會是在渴望大自然的時候，這時總會格外懷念過去有人相伴的日子；但那本來如影隨形在身旁的溫度，終究要在逐日的生活情節裡頭漸漸淡去。

因此，當這個念頭在安德烈波伽利的悠揚歌聲中被我捕捉到的瞬間，自己也有點意外，於是又再接再厲地想要搞清楚，自己到底需要什麼樣的伴侶。在陷入沉思之後，我回想到初初離婚那段日子裡的某一個片刻。

那一天是個陽光普照的假日，我在民生社區寬敞的人行道上緩步向前，四下注意著路邊房屋銷售的訊息。當時我窩居在暫時賃租的小屋裡，打算約滿之後搬到一個像樣的家。突然間望見前面一對年輕的夫婦，手挽著手、溫柔地推著嬰兒車進入我的視線之內，我頓時習慣性地檢視了自己的心緒……嗯……是有淡淡的羨慕，但更多的是一種「明白」的感受。此後的日子裡，我索性放眼看著熱戀中相擁的情侶，看著餐廳裡互相為對方挾菜的夫妻，看著下課後等在教室樓下的丈夫開著車來把學生載走，看著華納威秀前男孩為女孩排隊、而女孩心滿意足地拿著零食回到隊伍中與他會合……

在朋友家中看著一對形影不離的夫妻，滿足地守著他們的小天地……我仍然是那種「明白」的感受。

在那些放膽揮霍情感的時光裡，也曾經徹底經驗過被熱烈追求的情境，也撤底投入過各種充滿張力的戀情裡……在大雨中捧著花等在樓下的癡心漢、一路尾隨跟蹤的狂熱分子、擺譜的貴重禮物、一封封字跡練達談吐不俗的書信、擁有權勢與魅力的老闆、挺拔而年輕有為的知名報社記者、甚至是凱渥的兼職魔豆……真的曾經徹徹底底滿足了一位年輕女子的好奇心與虛榮心。而在那些雖然短暫但必須熾烈的戀情裡，也恰好讓年輕女子一再見識到人間男歡女愛的種種面貌。

而我後來有幸嫁給一位眾人眼中不可多得的好男人。不論我們有什麼必須分開的理由，在相處的十二年之中，直到離婚之前的一個月，我們始終保持著晚餐後在社區裡並肩散步的習慣，彼此之間的對話也從來沒有間斷過；重要的節日裡，彼此不會忘記要給對方寫張卡片。不……其實是兩張卡片，他會把兩種心情寫在兩張不同的卡片裡。回想起來，似乎沒有一張卡片裡有著尚未填滿的空位。

雖然終究是分開了，並且我們彼此都知道，這是個成熟而不會反悔的決定。但對我而言，那段婚姻經歷就是個從男歡女愛往前進階的體驗；並且對一位成長到熟齡階段的女子而言，她更是徹徹底底的明白了夫妻之間種種喜怒哀樂與悲歡離合的面向與深度。或許得更精確的說，也許我比大部分分開的夫妻還多了一些明白……我知道，就算談得來、並且沒有第三者介入的婚姻，還是有可能離異，因為愛中有著許許多多的層次，而當時兩個人對愛的投射已無法共振了；也知道，男女之間還是可以帶著超越怨懟的愛而分開的，彼此反而在那樣的放手之中擴展了彼此的愛量。

明白了世俗之愛中的燦爛與沉重、幸福與苦痛，也明白世俗之愛終究會有瓶頸，那麼，當然不會再想要投入那眼見必然會有瓶頸、卻又難以突破的關係中。每每在灰色地帶徘徊躊躇時，真的不是卻步，是業已明白的經驗不會想要再來一遍，是好不容易拿到學分的課業不會需要重修。

因此我想，我得專注在過去尚未完成但還想體驗的那些部分，聚焦在其中，去勇敢的重新創造。

而在明白了種種世俗之愛後，除了更容易安頓身心之外，另一個意外的收穫是：看到身邊好友享受著戀情中莫大的幸福時，自己能真心的為他高興，能安然的陪伴朋友在過程中經歷振盪與挑戰，而從未覺得自己相形落寞或者無力給予支持。更珍貴的是，朋友始終不會忘記以她自身的經驗來鼓勵我「談一場兼具靈性的戀情是有可能的」。

那天早上，我回想著這段日子以來的過客，本來是有著些許遺憾與慨歎的，因為看到自己身上依然有著莫名的第三者殘影……連自己是明媒正娶的人妻時，身分其實也比較像是寵妾而非正宮。但霎時之間，有那麼個靈光乍現的片刻突然觸動了我，感悟到自己其實是在遺憾著：那麼多的愛也只能節制地給出，還衡量著該不該把愛也流向那些無法返還的對象。但自己現在是如此的滿足，如此的蒙受著上主的寵愛，那麼，當我明白其實自己真正想要的是不計條件的給出時，明白自己內在的真實擁有並沒有人能夠真正奪走時，突然間，我放鬆了下來，一股巨大的感動降臨，又再一次掉下釋放的淚水。

後記

生日前寫了篇「靈性工作者的單身獨白」（http://tw.myblog.yahoo.com/humanangel-humanangel/article?mid=4077&prev=4134&next=4026&l=f&fid=7）。下筆前，本來是希望文章中多散放點浪漫氣息的，沒想到熱熱鬧鬧的寫完後，看起來又活脫脫是個左腦的產物、自省的文章，看起來一點也沒有異性吸引力。朋友們閱讀之後，反而紛紛開始擔心起來，有的誤以為我表達的是：「我很難搞，別找麻煩！」有的朋友沒有接收到文章的意思，所以說：「其實妳心裡還是很渴求一個伴侶吧？」（當然呀！不然咧……）還有朋友若有所思：「我在想，妳說自己希望伴侶也能像妳一樣裸誠……會不會反而讓仰慕者跑光呀！」（難道我弄巧成拙？……）

於是我在想，到底是要讓自己更開放一點呢？還是得精準的設定對象？當然我也能繼續過去那一年半以來的情況，也就是「雖然期待，但無法太積極」。原因很簡單，那段時日的前半段，我僅能盡可能地把自己照顧好，讓自己好好獨立起來；而後半段的時日則反而因為自己已妥妥當當地過日子了，相對而言渴求便降低了。

不是說自己內在的情況會反映在外境嗎？因此，原本就想要隨波逐流的看老天安排了，但在朋友們持續的關心之下，我在想，或者自己應該把「伴侶」也當成個創造的目標，在心念之外，再多一點功法的運用。或許，這樣會有趣多了。

Part 2

療癒之境

難以執著真相的有情世界

「我的老師，世間有『真相』可言嗎？」

「在不同的意識狀態層面，認知不同的實像。在三次元的有形世界中，依憑證據評斷真相，在第五次元以上，會看到以『愛』為源頭的能量振動創造實像。」

「精確一點來說，實像是一種擴展效應，也就是費波那契數列（Fibonacci Sequence）（註）式的擴展。」

「許多人知道，萬事萬物隱藏著費波那契數列在其中，譬如你們熟知的鸚鵡螺、花朵和花蕊的配置、人體身形的比例或五官比例、美妙樂音的和弦……乃至宇宙星雲的螺旋。

愛的能量是一種諧波，而諧波的振動以數字呈現便是費波那契數列，所以說愛的振動是創造的源頭。」

「而『恐懼』是局限與虛空，從中也僅能衍生更深的局限與虛空。」

「在最高的意識層面，一切都是真相，也都是幻相。真與幻互相憑藉，沒有從恐懼出來的經驗，不會發現愛。」

——泰芙內特（Tefnut）

近六年以來在靈性界的經驗很奇妙，自己就是安安分分做著鍾愛的事兒，而機緣總是不求自來，最終似乎匯聚出愈來愈清晰的流，一個指向天命的脈絡。

前三年自己像個兒童般地好好上課，然後求知若渴地看書看訊息、興趣盎然地翻譯與分享；後三年起，接連有人給機會教課，後來為了填補失婚的空缺開了部落格，嘗試著開始寫文章，然後有機會匯集成書。逐漸逐漸地，看文章的朋友竟然也開始超越了看高靈訊息的人數……偶爾有好友稱讚我的部落格，雖然開心但也當作是溢美之詞。直到去年底，許多資訊不約而同地顯示「這圈子裡頭的人都開始認識我了」，鮮少出入靈性聚會、身為宅女的我有點驚訝，但當前來支持臉書與部落格的朋友們突然在今年元旦莫名地倍增之後，我開始以有趣而戒慎的心情告訴自己要正視這個情況了。

大部分朋友在看了我的文章後會說我有勇氣，但我一直很想澄清，那些剖白之中有許多成分只是在坦承自己不過是凡夫俗子，朋友 Tori 說得好：「自然一點，學生們才不會把過度的期待投射在老師身上。」「自然」一點的意思是，每一位看似靈修有成的人們，即使是看起來再怎麼權威與精進的靈性老師，都有喜怒哀樂貪嗔癡慢疑，差別只是在有修為的人能夠觀照得夠深夠即時。

其實，「靈性老師、諮商占卜師、治療師」的身分始終是陷阱重重的。首先，靈性的領域太多看不見的事事物物，似乎就是老師說了算，學生們也無從證實；再者，一般人容易對這圈子裡的老師，特別是具有權威姿態與靈通能力的老師們起崇拜心，一般的語言從靈性老師的嘴裡說出來便成了聖旨；久而久之，老師們升起傲慢心，小我便在高靈之名的掩護下悄悄滋長。

費波那契數列

為0, 1, 1, 2, 3, 5, 8, 13, 21, 34, 55, 89, 144，後一個數字是前兩個數字的總合。所謂的「黃金比例」就從這裡而來，它是費式數列的後一個數字除以前一個數字。

這些年來，也許因為蒙受太多外界的關愛，令我不由自主地一再鼓勵身邊的朋友與學生出來做他們鍾愛與擅長的事務，並提供與介紹自己手邊的資源，但也曾多次目睹秉性內向善良或嚴謹自持的朋友在出道之後逐漸遠離單純的原貌。

上週的課堂上，學生分享：「比較難以辨識的情況是百分之九十的靈性與百分之十的魔性。」……大部分情況下心如明鏡，但內在深藏的暗影在百分之十觀照不及的機緣中遙控著靈性般的演出。我默默地思考這種情況所帶來的危險性。過去幾年來，連續有幾位身邊的朋友因為快速展現影響力、快速地聚集崇拜者而禁不住人性的考驗，他們都擁有優異的素質，且長年靈修、言詞有理，有的並擁有通靈特質，但可惜在追隨者的推波助瀾下，很快地讓自己不凡了起來，往往便以其通靈者與權威之姿，質疑或貶抑其他的教導與前輩。

在這過程裡，我其實是異常煎熬的，這裡頭除了有自己推薦的老師或諮商師，也牽涉了我所介紹的靈性中心主人以及自己的學生們，而最令人感慨的是其中也有自己極為親近信賴的朋友。但終究，我必須承認，這一再重複的事件對我而言是多重而深刻的學習。

這些經驗除了不斷提醒我，要繼續保持一個凡夫俗子的心境，也意外地探進我內在幽微陰暗的深處。我總是大方地分享資源給優秀的夥伴，以為自己沒有競爭與比較的課題；我也總以為自己已將學生們的自由意志放在自己的意志之前。但經由這歷程，我覺察到，內心裡正在翻騰起伏的竟也是與競爭與掌控有關的念向與心緒。

一旦看到了，就明白了現象界的故事為何如此這般地非得在眼前演出了。在那個剎那，有一種清楚的解離感油然生出：解離了那麼在乎這些是是非非的糾葛，解離了如影隨形在小我身側的感慨與焦慮擔憂，而讓雲淡風輕的高我之心有機會再度攀升而起。

此時，我不禁想起自己在月前所翻譯的烏瑞爾天使長訊息——

這世間是個幻象，

因為不論這第三次元的物質體擁有多麼固著的形式，

我們還是依據自己的感知來看它們。

世間並沒有一套標準觀點，

隨著事事物物被看成美麗或醜陋、恐懼或者愛、悲傷或喜悅，

完全依循人們的信仰、品味、感受以及感知者的想法。

事實上，我們每一個人都以自己獨特的方式來看待世間每一個面向，

因為世間是透過我們的眼來看、透過我們的情緒來感受的。

人們除非在一個非常個人且主觀的層次，沒有其他方法來「看」或「感受」。

這個我們稱之為「有形」的世界，事實上是一個能量的連續體，
它以物質的、固態的以及實像的形式顯現。
雖然從我們的觀點來看，它是物質化的，
但事實卻遠超出物質之外。
我們與世間的關係物質化，
是因為我們以人類的經驗、以物質化的天性去感知實像。
但這只是一種感知角度，
我們與世間真正的關係是能量形式的，
因為這世間只不過是一種能量流動。

能量不是單一頻率或定義在某一範圍的數值，
它是多種頻率且在沒有界限的範圍之中，
我們依據自己的能量振動來與之連結。
世間沒有預設的能量層面，

然而，的確有根據某地集體振動的狀態所形成的能量層面，我們只能在符合我們自身頻率的情況中體驗那些頻率……

（原文出處 http://www.urielheals.com/Messages.html）

每一個存在體都攜帶著獨一無二的振動模組，都以其振動模組與外界共振的結果來感知這個世界。每個人對同一事件的感知都是相異而獨一無二的，因此人們似乎難以在這三次元的世間追索「真相」；而事實上，要在主觀的共振效應下追求或辯解真相，本來就是一種執著。

罷了，我想自己終究會淡看這些變化，忽略這些變化，而對於無常的變化，就依著當下的智慧說或不說、有為或無為。我仍然會持續地分享資源，推薦優異者。然後，繼續走自己的天命之路。

你所不知道的脈輪

每個脈輪都是一株含苞待放的花朵
要讓花朵美麗
便要修剪橫生的枝葉
好讓養分不至於耗費在那裡
上天賜與你的恩典從來沒有少過
祂同時流向橫生的障礙與待開的花朵
只待你想要養大花朵　修剪枝葉的時刻

向內的覺照力　是生命的第一盞燈
它照亮花苞　使其綻放並染上艷麗色彩
而綜觀之力　則是引路的燈塔
是生命的第二盞燈
它讓我們望見生命的更大版本
因此可以安步向前　不疾不徐

——展翅之鷹

我所帶領的「光的課程」以脈輪作為自我清理與療癒的藍本，習修者一個接著一個次第的，深入同一個脈輪的不同層面之中，去轉化它映照在生命裡的不同障礙。

但這個課程系統與眾所周知的「人體」七脈輪不盡相同。光的課程所指的是「靈魂體」的脈輪，或者也可以說是靈魂的器官。靈魂體的脈輪主要有十二個，這裡要將七脈輪之外的兩個重要脈輪分別簡短地描述一下，並加上我自己的經驗與看法。

丹田與胃輪之間：來自於「平衡」的無條件之愛

這個脈輪所散發的頻率是「粉紅色之光」，它的脈輪中心點位置在肚臍。這裡雖簡便地說是肚臍，但當然是指肚臍內裡的人體脊椎上，所有脈輪中心點的位置都坐落在脊椎之上。它所對應的人生議題是「平衡」。

當粉紅色之光啟動後，將引發內外在的不平衡之處，譬如：過度投入工作而忽略興趣的不平衡，過度服務他人而忽略照顧自己的不平衡，過度重視外界看法而忘卻自我價值的不平衡，過度追求靈性提升而逃避落實的不平衡……等等。

許多人開始依循光的課程而逐一開啟脈輪之後，便發現許多負面衝突浮上檯面，有些同學因而萌生退意。然而若要捫心自問，會發現這些引發負面衝突的因子的確是原來就存在的，它們只是透過開啟脈輪之後示現出來，讓我們藉此機緣化解與穿越。我一直很感激自己在適當的時機接觸到這門令我衷心投入的方法，讓我有確實的依據來進行一連串的轉化與自我療癒；沒有走這樣的持修之路，我無法如此順利地度過離婚的哀傷期，並且進一步把當時的黑暗冶煉成療癒自己與他人的丹藥。

無論你是不是正在修這個課程，生命裡面的黑暗，都是為了讓我們藉此轉化與提升。

靈性世界裡的邏輯通常都與世俗的邏輯是正好相反的。在世俗裡，我們認為「沒準備好與處理好才會有障礙」；而在靈性世界裡，「障礙之所以出現是因為我們準備好，有能力去穿越了」。靈魂投生的目的本來就是為了平衡累世尚未了結的議題，從這裡來看，就會知道我們所挑戰的障礙都是早就預備好的了，差別只在有沒有帶著「覺知」去面對。

粉紅色之光又被稱之為「無條件之愛」，顯而易見，只有在前文所舉的那些不平衡之處被看見與轉化之後，才有機會讓無條件之愛自動地展現出來。否則我們所給出的愛，就算多麼地認知自己不會要求回報，都多少隱含著企盼與交換條件在裡面。許多女人早年不問辛苦地服務家庭，但當兒女成家立業而不再倚賴她時，便生出許多委屈與掌控心，令人同情與遺憾。這些都是值得透過粉紅色之光來觀照與療癒的。

而「平衡」，絕不是指各自妥協、各退一步就可以達成的，神聖平衡是在兩端之上找到涵蓋兩端的制高點，這只有在提升之後才有辦法做到。許多人在兩難中困頓徘徊，惶惶不知所以，這都是因為無法在高點找到包容兩難的平衡點之故。

每一階段的理想狀態都奠基於——在前一階段找到「三位一體」的神聖平衡，聖父、聖靈、聖子，靈魂、宇宙、肉身，或者太極（陰陽相生）、陰、陽……等。我們身處在二元對立的次元裡，很難相信世間是沒有對錯好壞、高低優劣的，但這二元性卻是痛苦的肇因，是人們為彼此的關係定下「條件」的來由。

因此這個脈輪的效果就是：促使我們整合對立的兩端，一次次超越到更上層的神聖平衡之中。這也就是為何當集體意識提升到整合二元對立的更高點時，我們便可進入所謂「無條件之愛」的第五次元之故。

當內在處於神聖平衡的狀態時，不須追求與達成，無條件之愛便能油然而生！

心輪與喉輪之間的意志輪：從最深的試煉中反照而出的天命

「我的天命是什麼？」這幾乎是所有靈修者必問的問題。我們的生命狀態在此世開展到足夠寬廣之後，「天命」便會逐漸浮現，它必定與服務眾人有關。

但千萬別落入目標導向的陷阱，一旦我們開始把「服務眾人」當作目標，幾乎就註定了我們在遠離這個終極狀態；或者會在追求這目標的過程中，反而迴避了靈魂更需要的、屬於個人的學習經驗。顯化於外的勢能始於內在，要服務他人，還得先從服務自身開始；無法先解救自身的人，能夠解救別人的也不徹底。

意志輪指出的人生議題便是「至善意願」，簡而言之便是天命。它散發紫色之光的振動頻率，位置在鎖骨的中央，介於「聖愛」的心輪與「表達」的喉輪之間，所以也可以說意志輪是「心的表達」。既然它指向我們的天命——如此巨大的生命議題，那麼啟動紫色之光後，隨之而來的必定是相對巨大而深沉的考驗，諸如被引發嫉妒、憤怒、扭曲、隱忍未現的情緒……等。

我與許多光的學生一樣，是屬於「遇紫則發」的類型。記得自己第一次在啟動紫色之光後引發的挑戰，就是對自己所走的靈性之路產生迷惘。當時我的前輩好友直言，光的課程並非終極之道，而我卻衷心喜愛這課程……這樣的迷惑令我徬徨了一段時日，直到終於能夠明白，光的課程就如同許許多多其他法門一樣，就是中性地提供一條道路與途徑，沒有高下優劣的問題，只有是否適合的問題。在我們靈魂旅程的不同階段，自然會對不同性質的法門心生嚮往；但不論如何，當我們有意願走上通往彼岸的道路時，適合我們的道路自然會呈現在面前，直到與上主的合一水到渠成。

我當時很清楚自己對所謂終極之道沒有興趣，因為我對成道與快速超升並沒有渴望，至少目前沒有。對於目前的自己而言，僅僅就是持續地透過觀照與靜心讓負面模式脫落而已；當然，更遑論這世間是否有終極之道了。

現在回想，也許就是這樣的考驗，反照了後來逐漸成型的天命——透過平凡而入世的方式來示現靈性之道。而在那一次考驗之後，當然也經歷不少其他內在的黑暗曲折，而每一次再度從幽冥中回返，的確也都能把那些蓄積轉化的能量回饋給更多朋友。

你最深沉的黑暗在哪裡？最大的試煉是什麼？也許從這裡，便能對照出你的天命！

在愛中，何須尊嚴

只管給出的時候是自由的
期待別人給出時是被束縛的

對於認真求知、自我期勉的人而言
有時候反而是盡信書不如無書
「無知」的時候才能坦白與敞開
那些頭腦的「知道」
會讓人們更容易妝點外象

使得內在的幽暗因而沒有機會照見光
不要清點結算　也沒有目的與終點
就是自然流動　只管給出

——愛瑟瑞爾

我有一位學生，明星大學新聞系畢業，在知名外商銀行、航空公司工作了一段時日後，掩藏不住自己對生活藝術的喜愛，於是辭去工作專心發展志趣，年紀輕輕便成為一位小有知名度的居家生活專家，出了好幾本書，也受到許多媒體的採訪報導。

後來在一次諮商之中我才知道，她經歷過家道中落的打擊。高中以前，她過的是吃穿支用的都是美食精品的好日子，小小年紀就經常出國遊歷，這樣的成長背景當然讓她對於美的事物早早就有鑑賞能力。但從富貴榮華到債台高築的落差畢竟極為殘酷，她的父親在許久以前便英年早逝了，這位女孩子不滿二十歲就必須扛起家計，並分擔還債的任務。

真正讓我有所學習的，並不在這一大段背景故事裡。那一次諮商時，我鼓勵她重啟一段沒有真正結束而困難重重的戀情，我請她依隨內心的欲望而走，但必須同時保持對過程的觀照與省思。只有徹底而完整的去經驗，一個學習的循環才會結束，同樣的議題與癥結，才不會導致另一個遺憾的故事再度發生。

於是，這位認真的女孩子幾乎從即刻起，便展開一連串學習的旅程，她聆聽到內在說：「好想與他再度聯繫上……」、「好想為自己之前的不告而別道歉……」、「好想與他說說自己真正的想法……」於是她一改以往高傲的感情態度，一次次地寫信、打電話，還把封鎖的 msn 重新打開。可是每一次的聯繫都沒有獲得回應，甚至有一次，她明明知道對方在台灣的公司，但電話那頭，對方的同事卻說他已經出國了。每一次，她都得從這種冷冰冰的回應與不回應中，再一次找到理由與勇氣去努力。

我完全可以體會，對於這樣一位個性堅強又始終表現優異的女孩子而言，要一再一再地放下自尊去面對一個隱晦不明的狀況，是極為不容易的：內心得走過許多充滿猜疑與自我否定的曲折小徑，並且最終得能辨識出，這些輾轉與幽暗其實是來自於自己的恐懼，而非別人所加諸的。

她在這個過程中持續地寫信給我，有時困頓疑惑、有時痛苦吶喊、有時平靜地整理出內觀的心得，實實在在地記錄了這些時日的心路歷程。前兩週，看到她在信中的表達，知道她已經在情緒緊繃的邊緣了，我一面回信安撫，一面暗暗給出祝福。

前幾天，收到她命名為「好消息」的一封信，我看了以後有說不出的開心。這一次，她又做到了！這次的任務，比她當年執意去堵某知名企業家的路而終於採訪到他、或者後來放棄亮麗的職場身分而成為專家與作家，還要更艱難。面對自己內在的黑暗，面對在感情中的自尊一次次受挫，其實才是她生命中難度最高的課題；越過了這個深沉的黑暗期，從此，還會有什麼好恐懼的呢！

憑藉著愛，穿越恐懼，以便能在愛中更自由！

以下便是這位學生日前給我的信，分享給各位——

親愛的老師：

週一上課的時候，我可以感覺到老師在課堂上與靜心中，想要傳達給我的關心與鼓勵，我收到了，我覺得非常溫暖。

我本來週二就要寫信告訴老師說，我慢慢的會恢復，請老師放心。因為我感覺目前的感情狀態，應該是有史以來我所碰到最艱難的，但心情也是最平靜的。

我很感激，能夠在光中完成這一切，我自認為自己所做的每一件事都是在光之中，我無怨無悔了。

但我畢竟還是平凡人，當我發現自己 msn 已經打開，卻發現他 msn 竟然都不在線上時，我還是驚恐了！

我又鼓起勇氣，寫給他一封信，我發現自己非常需要與對方溝通，我感覺雖然狀態險惡，但我的心並沒有感覺要放棄。我覺得自己連爭取的動作都還沒做，表示自己的自尊還沒有完全放下。

我想起唸大學時，為了一個採訪學分的作業，我可以連續在某企業總部的門口守候知名企業家，連續等一星期。因為他是不接受採訪的，我為了功課，我可以用盡方法的等待，然後最後感動對方，願意接受我的訪問。

我想起我這輩子為了工作與學業，我可以全力以赴，但是為了我所愛的人，我從來沒這麼努力過，我都是在等別人給我愛。

我明白自己還有課題要做，我需要完成所有必要的溝通，至少，完成溝通，清晰的明瞭對方的意思，要放棄再放棄吧！

我用過電話、寫信、msn，這過程老師都知道，每個都很不順利。

我想起睡眠編程，雖然感覺很無力，但是還是想全然交託給上師。

昨天晚上我誠心的運用睡眠編程，我只希望能夠跟他好好的溝通，只要有溝通的機會就好了。

我這麼祈求我的高我與他的高我一起給我這樣的安排。

今天早上，我外出喝咖啡時，突然想到打電話到他公司。之前曾經打過，結果對方公司的人說他不在台灣，讓我很受傷。但我不知道怎麼的，我今天就是想要打電話到他的公司試試看。

沒想到他竟然接了，我們就像以前一樣，好好的溝通。

他只收到我二封信，就是他回給我的二封信，因為大陸的伺服器怪怪的，所以其他我寫給他的信，他全部都沒收到。

然後，他的台灣電話因為父親的關係，已經取消使用了，所以在台灣的電話作廢。我打到公司，也正好陰錯陽差的，同事不知道他已回台灣。

總之，之前的溝通就是一連串的陰錯陽差，然後我自己陷入在自己虛妄的痛苦中。

他後天就要回北京了，我們約好下次回台灣見面，他給了我北京的電話，我可以在日後打電話到北京給他。

這真是美好的安排，這也是我這大半年來，最輕鬆的、釋放的一天！

我感謝一切都在光之中發生，我更感謝這一切都有老師的陪伴。

儘管未來的一切依然未知，但我會繼續從光的角度，與對方相處與溝通。

感謝老師。

愛你的 D

（以上全篇文字已徵得當事人的同意）

世俗之愛的真相

「我的老師，告訴我世俗之愛是什麼。」

「世俗之愛是：你們企圖把內心深處對於人間至福、天堂至樂的企盼與渴望，形塑與寄望在你們眼前這位伴侶身上所發生的事情。」

「你們許多人把這個寄望稱之為『投射』。事實上，妳昨天才與朋友筆談過這個題目呢。」

「對，真巧，我昨天與朋友寫道：『戀愛是什麼呢?或許就是有一位可以投射久一點不會破滅或不甘破滅的對象，讓自己能心甘情願的與他走上一段路，學到一些東西。大概是吧……雖然明知是投射，不過這樣也挺好的！』」

「許多人對於『雙生火焰』很好奇，你來談一談吧。」

「雙生火焰在許多人的心目中已成為阿拉丁神燈一般，期望只要擁有這一盞夢幻之燈，那麼再大的願望都可以被滿足。」

「就如同方才所談的世俗之愛一般，無獨有偶地，雙生火焰這名詞也引領著許多人展開偉大的寄望與投射，你們仍然持續地形塑著那個偉大與完美的一切在『雙生火焰』身上。」

「但我們的靈魂在不斷提升的過程中，的確會與另一個當初分裂的靈魂再度相遇並合一，這是事實。所以，我們怎麼判斷自己真的已遇見雙生火焰了呢？」

「再一次的，要提醒你們不要從『外象』來判斷，也就是不要從對方的情況來判斷，並且，從『感覺』來判斷也是危險的，你們都知道感覺是無常的。」

「檢視自己的內在情況，當你的內在已減緩矛盾與爭戰、並且能放下掌控與依附而單獨的享受人生時，當你能樂在滋養他人，而你的光的確能廣被他人之時，便是你遇見雙生靈的時機。」

——杰夫上師

光的課程初階第三級次出現了優歌南達的訊息，祂經常帶來與祂的學生間精采的對話，這一次的學生提問是有關「人類性本能」的議題。

優歌南達說：

「你們完全地以宇宙意識運作時，你們性愛表達的唯一選擇，是與一個在心識上、身體上、靈性上跟你們同樣淨化了的人在一起，這是為了不再與其他覺性還沒有達到與你們的層次相同的靈魂而製造業力的關係，將會成為你們的責任。但是，在現階段中，這些還不是你們目前所要考慮的。在目前這個階段中，若強行進入這種覺性的層次，將會在你們的人生表達中，產生出許多的不諧調、罪惡感和內在自我的焦慮。」

「因此，在現階段中，你們只要覺察與自己所愛的人之間所放射的與所吸收的頻率。

因為，每一個與你們有性關係的個體，你們都將成為他們頻率的一部分；如果你們不能提升他們的意識和頻率，便會被他們負面的頻率所滲透或污染，而這一切將取決於你們自身覺性的程度，以及你們伴侶的心識狀態。」

在描述世俗之愛的真相前，得先為優歌南達的最後一段話釋疑一番，也為世俗之愛中靈性高低的兩端差異平反一番。

許多靈修的入門者初學到一些靈性的觀念，便不自覺地以這些觀念來評價他人，以一種靈性優越感來與人互動，對於自己的伴侶尤有甚之，畢竟伴侶是我們最容易有摩擦的對象，而小我傾向以高尚的理由來包裝自己的批判。因此優歌南達所說的：「如果你們不能提升他們的意識和頻率，便會被他們負面的頻率所滲透或污染。」恐怕會讓許多人誤以為自己得努力提升伴侶，或更有理由要去避免被伴侶的負面頻率所污染。但事實上，這段訊息的重點其實在「一切將取決於你們自身覺醒的程度」，若我們能自覺到一切現象的發生、一切情緒的發生都與自身有關，那麼就不會僅以這段話表象的意義來為自己找藉口。當我們自身內在光愛充滿之時，自然會在無須作為的情況下，照亮他人並提升他人；反之，過於刻意避免他人負面頻率的心態是出自於恐懼，反而會吸引更多負面頻率到來。

宇宙中的神聖秩序，為了要把兩位曾在天堂承諾相互學習的靈魂湊在一起，於是安置了相對的「極性」在兩者身上。大自然中的極性致使兩者無法單獨存在，就像磁鐵的南北兩極，一旦靠近便得緊緊相吸。

承諾彼此學習的靈魂投身人世後，演出的劇情不會像磁鐵的吸引與解除這麼簡單。那個植入靈魂中的磁性，使得我們莫名愛上一個對象，即使對方有許多難以相處之處，有許多無法共同生活的缺點，還是緊緊糾纏，難以離開，於是我們才會因為想要尋求到解除困頓痛苦的方法，而終於開始探索內在。當然，大部分的人們可能得要在多生累世之後、用盡各種世俗的方法而無效之後、儘管不斷更換身邊的對象而發現問題總是重複之後……才會心甘情願轉往內在。

這就是世俗之愛的真相。

於是我的學生問：「老師，那麼不要談戀愛、不要結婚不就得了！」極性的磁吸現象是大自然法則中的一部分，是無法避免的，而且也不應該避免。神聖秩序的安排總是以最高的善為出發點，兩個靈魂要互相結合才有機會照見對方的黑暗面，直到至少其中一方從黑暗中躍升出來，那麼極性才會消失，彼此便能在安定喜悅中共處，或者在和平圓滿中分開。

因此不如說，為了走向最後的善，我們更應該投入親密關係之中，帶著「覺照」，並且會一次次覺照得更即時、更清晰。

極性解除來自於內在的平衡，我們在那些彼此折磨的議題上回返內在，看到自己的不平衡之處，知道一切外在的困頓痛苦來自於內在的不平衡所創造，於是開始釋放療癒這些不平衡。最終，我們回到中道，極性消失，進入恆常的寧靜與愛之中。

這堂課的議題太有趣了，學生們提問此起彼落，有人問：「老師，那像妳這樣的靈修者，對於世俗之愛還有興趣嗎？」「老師，像妳這樣的程度，應該很難有對象了吧？」還好學生們讓我有解釋的機會……老師現在的程度也僅能到「覺察與自己所愛的人之間所放射的與所吸收的頻率」這樣的層次。

不過學生們的提問，的確反映了大部分人們對靈修者的刻板印象，認為靈修者清心寡欲，或者至少是要竭力克制欲望。非也！人間是最能夠歷練功力的道場，讓生命盡可能的開展吧，只有投入其中並且在其中盡情擴張，才有回返平衡的機會。

無聲的力量

如果你本身是有力量的
那麼它可以透過許多形式展現
可以是語言、可以是你的繪畫、你彈奏的樂器
甚至是你完全靜止的狀態
那個叫做「力量」的振動頻率已經在你之內
你沒有施展它
它也仍然在那裡
因此當人們急於展示力量時

即使證明了自己的力量　那也不完全是你的
它有些在外面　要透過被他人看見而決定

但這並不是指只能什麼都不做
你們可以看到那些樂於服務、事奉、分享的人們
輕易地便能展現自己的專長與才智
因為那是從內而外流動出自己的力量　而非要被看見而這麼做
那些由外而內的過程　反而容易流失力量

持續地觀照腦中喋喋不休的語言
觀照那些模式性的語言
內在安靜了
全知全見之眼便隨之開啟

——高靈　那丁溫

上週邀請一對夫婦朋友來家裡，先生是老師，人生閱歷既奇特又豐富，因此口若懸河侃侃而談，我可以想像他的成人班級裡頭，學生們一定經常是心馳神往的。而他身邊的伴侶則總是靜靜的在那裡，除了偶然微微閃現的羞澀以外，感覺得到她是連內在都很寧定的；偶爾發出一兩句話，提出一兩個問題，我都不由得專注而珍惜的聆聽，因為這些節省的語句中總是有深深的知曉與感悟在裡面。

這令我回想起以前自己的情況。我在C君之前的伴侶關係裡面，也是較為沉默的一方，但這種沉默其實是放棄，或者是有所恐懼；當時多半是圖個有人陪在身邊，但冥冥中知道彼此不那麼契合，所以克制自己的真實表達，因為也許一全盤表達出來就破局了。

記得二十五、六歲的時候，一位與我地位與年齡都很懸殊的伴侶問我：「妳為什麼都不說話？」我雖回不知道要說些什麼，但心裡深處則明白，其實根本是不敢洩漏自己的幼稚無知。年長的男人果然有年輕人所不理解的人生，這個伴侶突然間必須為了躲債遠赴天涯。那一天沒有高級房車，他陪我走到公車站，幽幽的說：「很久沒有陪別人等公車了……」我心裡很是感動，但仍然在沉默中度過這最後一面。

另一回，年齡相仿的男友侃侃而談，我逐漸開始不耐煩這種日復一日的流水帳，終於有一天出口抱怨這樣的談話沒有意義。就這樣地，劇情急轉直下，我們不久後因為談話無意義而分手。

遇到Ｃ君以後，情況大為改觀，一方面是他當時伶牙俐齒又毒舌，讓我必須學著反擊，更重要的是他經常開朗地給予稱讚。被他這麼鼓勵又鼓勵地，我開始自信上身，合該也是自己的伴侶關係該走到擴張自我的時期，所以我的表達越來越多，越來越詳盡，印象中有許多輾轉的夜裡，都是在計算著該對Ｃ君說些什麼話，好能更細密地表達，更有效力地影響對方。在我幾乎沒有漏洞的語言與邏輯力交相施展之下，我們的關係並沒有進展；而當時也並沒有智慧去明瞭，語言只是自我表達的一小部分，也不明白，僅有魯莽單純的語言是薄弱而甚至有反效果的。

另一頭，在內心某個柔軟的部分，則經常夢想著自己能心甘情願地默默付出，不出聲、不計代價。一齣齣由這種渴望而編織出來的內心戲，就這麼斷斷續續地上演了十多年，可是依然鮮少有機會搬上檯面，因為受害者情結一直站在上風處，因為害怕損失而導演著另一齣爭取權益的劇碼。就這麼樣地，楚河漢界的分裂情況，終於在這幾年開始有癒合的跡象，特別是在離婚前後。

單獨的生活之後，安靜已是常態，我好像才有機會真正深入「沉默與說話」的奧祕境界中。

這段日子以來的語言表達，大部分就是在「部落格」、「臉書」、「課堂」，這三個地方都是我琢磨語言與修為的道場。自己的語言有沒有發光，從課堂的氛圍感受得出來，也從讀友們的回應看得出來。在這其中，我逐漸開始探進「沉默」的情境去品味。本來只簡單地以為，說話的力道是由「沉默」所反襯出來的；但後來才明白，修為到位，內在才有辦法寧靜，內在寧靜，自然關照深且廣，出自於這樣細膩的體察與足夠深邃的發話來源，流動出來的語言自然珍貴而有穿透力。

課堂上的口語互動無法像部落格與臉書的傳述有機會隨時修飾，因此與學生們之間的語言往來，是一個更需要即刻觀照的、細密繁瑣的過程，可以說是最有考驗的道場。但最終，日常持續的修為還是根基，內在的寧靜讓自性之光展現，便自然會推動必要的語言出現。我曾經由於言語失誤或過於嚴苛的態度而讓同學離開課堂，雖然旁人未必覺察得到，但我自知，那是由於當時內在過於輕慢所致，或者是投射了內在對自己的苛求在學生身上。另一方面，我也曾為了提點學生而等待了三年，當那個最佳時機出現了，語言便片刻不差地流動出來；同樣的語言，三年前學生聽來也許過於震撼、或許不夠到位，但三年後恰好有足夠的智慧與力量可以領受，並且實踐。

許多言語的表達中隱含著自我展現、自我辯駁、自我證明，這都會在內在清理的過程中逐漸的脫落，因此，「越來越沉默」會是修持過程的趨勢，因為許多來自小我的發話動機已經消失了。

總而言之，如果我們已經「是」那個狀態，「在」那個真理裡頭，如果我們已經那麼理所當然，所有描述那狀態與真理的企圖，便會消失殆盡；我們什麼都不會做，不必做，而在別人的眼中，卻分分秒秒都在示現那個真理。經常，我們想要表達的企圖與勢能，是來自於自己還不在那個理想狀態所產生的「位能落差」。

我們這些靈性課程的教師不可能不說話，而我們所說的話卻影響深遠。固然一方面我們可以將自己交給高我照管，讓高我透過自己來表達，但最重要的還是要誠實地進入我執之中，徹底解除不在中道的發話動機。

我也仍然在路途上，與各位共勉。

性的美麗與哀愁

性是死亡的反面
是生命的源頭
人類著迷於性
不如說是一種逃離死亡的本能
或者是驅使自己重回生之源頭的衝動

但這樣的衝動過於極端之時
死亡的恐懼變成了性的驅動力

它同時也映現在集體意識中
人們有傳宗接代的壓力
便是因恐懼死亡的驅動力而起
人們並且以保留血脈的觀念來正名化

這觀念也有宏觀的例子來說明
歷史以來　你們以異族通婚來處理族群的糾紛
便是以混合血脈來避免相互殘殺

這種陽性力量過剩的性動力將會被提升與回返
當你們逐漸穿越了死亡的恐懼
逐漸開展了愛的能量
將不再受限於血脈傳承的世俗觀念
那麼你們將把所有的孩子視為己出
你們將愛人如己

性將昇華為展現生命動能的熱誠

——泰芙內特(Tefnut)

我有位相識許多年的朋友，雖然不能說是親暱，但久久碰一次面，總能交換最私密的話題；也許對她而言，那不是私密話題，但是必須得向能聽得懂、聽得進去的人說。她自認只是「中等美女」，但從我們認識的時候開始，就從來沒見她身邊停止過男性的追求。她吸引到的對像很廣泛，從工程師到富豪、從醫生到舞廳ＤＪ都有，許多人看她是循規蹈矩、進退有節的女孩子，不過只有我們彼此知道，關於「性」的探索，她可從來沒有自我設限。也由於這些男性對象的屬性如此不同，因此那性的探索歷程也就豐富多樣，當然，其中也經歷許多只能隱忍的、或者是無法解釋其情況的苦痛。

二十年來，我一路聆聽了許許多多或大膽狂放、或蕭瑟晦暗的故事……譬如，性功能低下的男友總是以許多刺激的招數來提升自己的戰鬥力，特別是野合的戲碼，於是我這位朋友就必須常常配合演出並不時給予鼓勵。一次在大安森林公園的廁間之中，這男人又要展開野合的前戲，我的朋友突然拋下乖巧配合的角色，堅定快速地穿戴好衣物走出門外，就再也沒有回頭了。她告訴我，不是她厭煩了那些安慰男人的戲法，是這男人在約會的時候總是大遲到，並且才在此之前無故失蹤了一個禮拜。有趣的是，事隔數年，也不知道她又換了幾個男人之後，才輾轉知道當時那男友腳踏兩條船。我當時心中一方面為她鬆了一口氣，一方面在想，男人似乎總任由性功能來決定他的人格與行為模式，其實蠻可惜的，也許這有點像女人經常讓外貌來決定自己的價值吧。

無獨有偶地，她的另一位男友則是過於持久無法射精，一般的性愛都是以男人的射精點來決定這段激情的尾聲，她說：「還好我容易進入高潮，我很難想像難以高潮的女人如何決定和這男人的性愛尾聲，難道要到筋疲力竭百無聊賴為止嗎？」像這樣的對象的確能讓女人的身體不會失望，但女人自己卻會在情緒上有深深的失落感，總覺得自己無法使對方得到滿足。

「還有，」她告訴我：「權力並不一定是最好的春藥。」「我見過性無能的大老闆，也見過性功能『過剩』的潦倒企業家……」呵呵，所以光從簡單的外在現象還真難說明事物的真相。當時我這位朋友的結論是：「不論有錢沒錢，有權力或沒有權力，男人好像都還是把性當成是征服女人最後的決勝點。」但女人畢竟會感受到這樣的企圖心，如果在企圖心之外缺乏關愛，那麼女人終究會有精神壓力，或者會感到遺憾與低自尊，這時女人可能要自問，到底拿自己的身體交換了什麼。

終於在許許多多的春風秋月之後，我這位朋友說她遇到了真命天子。某一天她對我說：「我昨晚跟他交待完所有的『紀錄』了……」我聽了略感驚訝。「經歷了這麼多對象，我不想再浪費時間，如果他不能接受我的過往，那麼趁還沒有陷進去的時候結束也不會可惜。」我很羨慕她的果斷與勇氣，這的確讓她的感情歷程一直沒花太多時間耽誤在回頭路。

但自此以後，這位朋友進入了一個與這位男子近十三年的緣分之中。我曾經打趣她們的關係就像是「橫看成嶺側成峰」，這一面看起來是絕配，兩人處在和諧親暱的高原狀態；從另一面來看，卻又是情勢險峻爭鬥不休的。看起來，問題似乎是出在，我朋友這回悶著頭成了人家的第三者。但她們的情況稍有不同，因為男人並不需要回到原配身邊，他和元配早就已經、並且彼此允許各走各的路，只是男人的歉疚感與無法清理過往的關係，經常令我這位朋友很不好受。時不時的，元配不經意透露生活中的難題，這男人便會積極代為處理，那歉疚感就像是吊著木偶的絲線一般，這一端抽動一下，那一端便會及時回應。

她們交往的第五年，我這位朋友突然之間從盡享性愛歡愉之人，逐漸開始沒了性慾。某一次，她要我陪她去看婦產科，因為下體過於乾燥而有了皮肉傷，我非常驚訝，從沒料到過這位豪放女竟然會不敢拒絕男人求歡。當她在喧囂的公立醫院候診間裡稍稍提高音量地告訴我，傷口無法癒合的情況已經持續了整整一年的時候，我和她的眼眶都紅了，不知道她如何一次次忍受才要癒合的傷口又被磨傷的痛楚……也沒管過強的冷氣一陣陣吹來，我忍不住把自己的外套披上了她輕微顫抖的臂膀。

自此，朋友和伴侶開始過著日夜兩樣情的日子，白天可以牽手談心，晚上則陷入煎熬之中。男人無法忍住對她的性慾，所以在女人沒有意願的夜晚只會有兩種情況，一種是不管多晚男人都要盧到達成目的為止，另一種是男人勉強忍住，但在輾轉反側之後突然暴跳如雷。朋友告訴我，輾轉反側與暴跳如雷是一種可怕的精神折磨，因此在男人氣急敗壞摔門而去的剎那，會有一種極大的解脫感。她說：「有時候我甚至想要請他出去找別的女人解決他的性慾，但我開不了口，我知道他會把它解讀成我不愛他……」

這樣的折磨讓我的朋友展開了一段辛苦的自我探索過程。她不明白，為什麼會對一位可以彼此談心、互相倚賴的伴侶喪失了身體的渴求，從她豐富而充滿激情的過往來看，這完全不合邏輯；另一方面，若她碰上的是在性欲求與她同步的對象則天下太平，偏偏那些年來，這男人對她的欲望並沒有消退多少。而在這段性關係的黑暗期，能夠給她明確指引的專家也一直沒有出現過，雖然她已窮盡八年的氣力去尋找。

終於，最後結束了十三年的美麗與哀愁，朋友在重新振作起來的日子裡，仍然在咀嚼這關於性的懸案。那一天我們在金光燦爛的草坪上喝著咖啡，她開心地談著自己在靈性上的進展，突然，她正色說：「有時候我會難以想像，這麼簡單的問題竟然耗掉我八年的時間找答案……」我洗耳恭聽。「我一直在找我和他的問題，這其中不是他的性慾太強有問題，就是我性慾消失了有問題。而每當我發現自己又再一次怪他有問題的時候，其實內心是有自咎感的，那使得問題越來越糾結。」「結果是我們兩個人的問題都不大，就是彼此的欲望無法配合而已。」

我跟她說，那是因為她們一直以保住關係為前提來看事情，一旦以兩人「更好的人生」為前提來看事情的時候，就不一樣了。她沉思了一下，說：「的確，他氣宇軒昂，事業有成，在許多女人的眼中，他應該是不可多得的對象。」過了一會兒，她突然笑著說：「妳知道我怎麼會開始看到『大家都沒問題』這回事兒嗎？」「那段黑暗期過後，我發現自己還是有性慾的，只是我知道自己已經能熟練的掌握它了，知道它有該有的去向，呵呵！」「我是正常人！」

我們相視大笑，為她做的這個結論乾杯。這頓下午茶我讓她買單，因為我知道，這位充滿生命力的朋友，又可以繼續走下一站了，這下一站的風景必定大為不同。

有些愛，看起來很殘酷

大樹與其說是要庇蔭別人
不如說它僅僅專注在自己的成長之上
當它持續地開枝散葉　自然會庇蔭更多人
愛　向來都是從自身開始的

若你們曾完整度過一個痛苦的歷程
便會明白　那痛苦在轉化之後所帶來的生命力度
這便是殘酷所帶來的愛

這樣的淬煉　終將使你們掌握生命之鑰
你們會清楚明白未來的生命將由自己做主

當你們自己處於這樣的境地時
當然也能如此看待周遭的生命
即使他們各自在個別的痛苦之中
你也會堅信那背後的恩賜
將火炬交付給對方
讓人們以自己的光　照耀自己的路

——觀音

「同情心」似乎是我與生俱來的強項。小學的時候，班上那些被看輕的弱勢同學們總是會向我靠攏。印象中，坐在後面的女同學雖經常被欺負，不明究理的我還羨慕她每天能帶著我從沒吃過的美味飯糰來上課（現在想想，那也許是她當天的早餐和午餐吧）。直到有一天我隨著她回家，見到一處低矮頹圮的磚瓦房，與她相依為命的年邁奶奶從裡頭腳步蹣跚地走出來與我們打招呼之後，小小年紀的我才開始明白，不是每一個生命都是單純輕易的。

自此之後，我更用力地為她擋下所有的嘲諷與欺侮，男同學們笑她總是掛著兩行鼻涕時，我甚至會幫她把嘴鼻擦乾淨。班上曾有位癡傻的男孩子，他經常笑嘻嘻地拿著長柄刷逗弄我、掀我裙子，我也只能無奈的盡量躲開，不忍心向老師告狀。高中時男女合班，一位女性化的男同學簡直被排擠慘了，最後只剩我做他的朋友。當時瑪丹娜正紅，還記得有一次，他在班上對著我唱他改編了歌詞的《Like an Angel》，一再一再地重複，他說瑪丹娜的那首歌裡總共有二十八次的《Like a virgin》，我很難為情，不過心裡感動極了。

這樣的個性看起來是個優點，雖然它不時地為我帶來困擾，但無論如何，人生的前半段都尚未有機會促使我進入更深的探究。譬如大學時代，我一路不忍推辭地最後成了一連串全校性活動的主辦人，每天忙到宿舍關門的前一刻，才有辦法回到寢室打開難啃的原文書；而此時正是同學們交流談心的高峰時刻，她們會不約而同的來到我的寢室找我，我一樣不忍拒絕，但內心卻焦急著無法溫書，並擔心吵到室友與鄰居。有一回寢室面臨重新分配與室友大風吹的時刻，有兩方人馬各自私下表達希望與我同住的意願，我仍然是不知如何取決或拒絕，終於在那一晚我崩潰了，躲在棉被中大哭特哭。現在想起來真的是匪夷所思，我當時的痛點竟然不是在離家獨立或感情問題，而是「誤用同情心」這回事兒。

在年歲漸長的人生道路上，我仍然一路體驗著同情心為我帶來的各種滋味；直到成為靈性老師與靈訊解讀者之後，才開始正視自身「同情心」中的失衡之處。這兩樣角色，讓我必須大量且深切地面對與處理許多人的苦痛和困頓，我發現與生俱來的同情心已經不適用了，學生與個案需要的不只是被了解、不只是有人與她站在同一個陣線上而已，他們需要的是被療癒，並且最終是被自己療癒，而不是被我這個自以為是的拯救者所療癒。

去年三月份，我突破了許多內在掙扎，在義務服務多時之後，決定掛起靈訊解讀的招牌開始接受付費個案。我從第一位個案的經驗裡，著實領略到老天爺給我的下馬威。那一天，我端坐在乾淨的諮商室裡端著熱水放鬆地等待，完全不知道接下來的會面是我淬煉進階之愛的濫觴。不久後來了位白晰清秀、玲瓏有致的年輕女孩，她眉頭深鎖地與我談著才結束的感情。我們說著說著，然後她稍稍頓了一下，接著突然崩潰大哭，訴說小時候受到父親與叔叔連續性侵的難堪往事，訴說她的母親在過程裡竟然為了「顧全大局」選擇隱忍這個殘酷的事實……女孩子這些年來多次因為承受不了痛苦而自殺，因此求學時代是學校輔導室關注與監看的對象……我很震驚，想要全心全意地幫助她，因此結束諮商之後，女孩子每回來信我都細心回應。

這樣來來回回一陣子之後，某一天早上，當我打開電腦，看到部落格、電子信箱與臉書中一封封充滿疑惑並等待回覆的信件，而手機之中還有學生的簡訊與未接來電時，我發現自己已筋疲力竭了。我以不是很有耐心的方式回應了那位女孩子，接下來有好長一段時間沒有接到她的來信，但我並沒有因此而鬆一口氣，反而暗自擔心她是否會再度想不開。

當時的我無法拿捏自己的立場，也尚未學習到如何能夠讓受助者自立。曾經不只一次聽聞同行建議我「要與個案或學生設定界線」，我自知這不會是我選擇的方式，因此便得更進一步地探進筋疲力竭的原由深處，從中得到解套。

於是，我看到自己與學生或個案的互動中充滿了自我投射。我向來明白自己不被了解與無人伸出援手的痛苦，因此不自覺地持續「認同」那些同樣存在於別人身上的痛苦，與這些痛苦共振，這已超過了「同理心」該有的分量。我太怕學生們痛苦了，忘了這樣的看法與投射反而會弱化學生，會讓他們更需要浮木而繼續緊抓住他們的老師，這便是致使我筋疲力竭的肇始之因。洞悉這個惡性循環之後，我明白，自己接下來並不只是要改變與學生們互動的心態與方式，釜底抽薪之道是先讓自己堅強起來，先讓自己內在的軟弱與痛苦被療癒；如此一來，我才有機會走過僅與他人的痛苦「認同」與共振的過程，而能激勵他們展開超越之路。

經過這樣的歷練之後，把我當成浮木的學生與個案大幅減少，我從他們與我交流的表情與情緒中感受到，他們不但可以在被理解中得到安慰，也大多能奇妙地跟著我「不與痛苦認同」的心念而流動。

前些時日，一位平日便密集與我在網上交流的學生，又再度寫了一篇長長的信，敘述自己從小以來的痛苦與焦慮。我評估時機已到，便告訴他，要開始收斂起對我訴苦的習慣，並且直言：「不要把自己的力量交給我，內修不是為了老師。」我說：「我暫時不會回應你了，這樣做會耽誤你的進度。不斷的向外『說話』只會流失對內的觀照力與轉化力。」

第二天剛好是他們班的課，我花了點時間說明「殘酷的愛」是體恤之愛的進階版，老師可以用許多方式引導學生離開痛苦之境，「不與那個痛苦認同」是其中的徹底之道，但那看起來會顯得很殘酷，禁得住的學生將會快速超越！我很高興這位學生領受了這樣的觀念。

這些年來，我聽過許許多多一手的曲折故事，看著人們在我面前沉痛與哭泣，除了近親性侵的案例外，二十年來先生外遇又敗家、被婆婆家暴、繼子的精神出狀況危及自己剛出生的孩子、習慣性自殘、情緒失控數次進出精神病房、兒子吸毒欠債終於關進看守所……這些沉重的人生景況總是片斷地在我面前上演。很慶幸自己還能持續保有正面積極的心性，甚至活得越來越輕鬆自在；那不是因為自己看多了所以看輕了，而是越來越在歷練自身的堅強寧定中，真正知曉宇宙的「恩寵法則」——所有迷失的羔羊們終將回到上主的羊欄中。

拉高視野去看，不論在靈魂旅程中如何顛簸起伏，穿越坎坷只是早晚的事。事實上，坎坷本身就是隱藏的恩典。而我明白，只有我自身內在更為堅強寧定，我才有機會身處這樣的視野，才有可能支持更多人以他自身的堅強走過苦痛。

Part 3

師法自然

搬家與捨離，栽種與新生

聽我說
你們最後都會成為長路盡頭的那棵大樹
當它是幼苗時並沒有設定在長大後要庇蔭他人
它只是一路吸收著養分　最終枝葉繁茂且醒目挺拔
於是　鳥獸與人們便自動來到它的周圍歇息

植物是面鏡子
你對待它的方式反映著自己的內在

若是你修剪枝葉時深怕它受不住
那麼這正反映著你內在柔弱怕受傷害
而當你花更多時間來體會與照顧它
那麼你必定也願意這樣對待自己

透過與植物相伴
必然會與大自然更深切地接軌
你會開始觀察風向、日照、溫濕度以及四季的變化
因此你會與沉默的整體開始共振
那些從植物王國而來的回春能量便從此處而來

透過與植物相伴
你會看到更接近生命原貌的成長方式
它們會面朝著活化自己的光
它們的枝葉會避開障礙　根鬚會探索養分

環境惡劣時便歇息　條件適當時開始生氣勃發
它們在其中沒有情緒起伏與投射批判
只是順應自然地展現該有的狀態

——大天使　約菲爾

去年搬來這個暫時的新家時，已接近歲末年冬的淒冷時節，刻意挑了一個裝潢嶄新亮麗的小套房，好讓自己可以在獨處時不至於太過傷感。

這裡有面南的窗戶、色彩輕快的壁紙、液晶電視、雙層冰箱、冷氣與大廈式電扇一應俱全，因此當時並沒有帶來太多東西。除了少數手邊的必要物品外，那些暫時還捨不得遺棄的物品——鋼琴、書、蒐集的瓷杯與瓷壺、靈性的擺飾品，便暫放舊家，好讓自己可以更迅速的遷離令人感傷的舊家。丟了許多東西，捨棄最多的是衣服，搬家打包時態度很理性，估量過要屈就的衣櫃只有當時三分之一的空間，所以得按比例丟衣服，甚至丟的時候還帶點狠勁，一邊想著：「反正姑娘我正好可以藉口買新衣服！」一邊便更加果斷犀利的處置舊衣。

在此之前不到一年半之內，總共搬了三次家，每一次搬家就是一次捨離，有形的與無形的。這一次搬家留得最少，當然，也是捨離得最揪心的一次；除了前夫之外，還有與我彼此滋養的豐饒花園，以及才入住不滿一年的華美廳堂。

在新家快速地安頓下來，望著空盪盪的窗台，沒想太多，立刻進行自我重建與空間重建的第一步——栽種！因為空間狹小，能種的樣數並不能太多，所以便簡單地企畫了一下——首先，香草植物有香氛味又能飲用，必不能少！於是便有了馬鞭草、兩種薄荷、鼠尾草、甜菊葉。再者，黃色大花瓣類型的花朵最能取悅本姑娘，必得放在寢室窗外招搖！於是去買了兩盆軟枝黃蟬回來，並肩種在長條花盆裡，並且技巧性地架設起來，讓它恰好蔓生在寢室的窗台兩側，好讓我晨起時分便能一眼望見它。第三，玫瑰象徵心輪又香味迷人，開花蓄蓄的時節還能經常飲用到滋潤身心靈的玫瑰茶，因此便從舊家解救了幾株小玫瑰出來，好生修剪一番，然後施肥添土與澆水。

好不容易度過了一個寒流密集的冬季。初春一到，便等不及地把盆栽們搬到室外，那是隔壁的頂樓，好在還能任我低調的使用。才施了肥、經歷了幾次豔陽的照耀，小傢伙們便像魔豆一樣地抽芽拔莖，生出一叢叢晶亮翠綠的葉子，花苞也接著不客氣地一個接著一個。

今年的收穫大出意外！首先令我驚異的是馬鞭草，現在的葉片竟然是當初在花市看到時的三四倍大，還盡情放散耀眼的翠綠色澤。接著是寢室窗外的黃蟬，在寒冬時簡直是枯枝敗葉地假裝成病奄奄的樣貌，春天一來，便以「一暝大一吋」的奇幻速度攀藤。舊家帶來的小玫瑰最是安慰人，今年第一季結的花苞，估計已經超過去年同期的兩倍了，不知道她是怎麼辦到的；連過去總是花苞開展不成的桃色花朵，今年不但又大又圓，而且開起來像富貴花一般，讓人初次看到時簡直傻眼。而在花市時垂頭喪氣的鼠尾草（當時還以為他就長這樣哩……），移到戶外後，立刻像突然甦醒一般的抬頭挺胸；上回春分集體靜心時帶了他去，結果香氛味居然從濃濃的藥草味轉為帶著香甜氣息的特殊味道，不可思議！

有時候，覺得自己和小傢伙們是同步的，他們的興衰好壞反映著自己當時的內在狀態；有時候，又覺得應該是他們走在我的前頭，雖然是由我來澆水施肥與修剪枝葉，但他們的繁茂昌盛總是能令我欣慰，讓我倚靠，並且鼓勵著我持續走向未來。

春意濃了，草木勃勃，半年來的考驗似乎該過了，前面又是一個無法計畫、但令人期盼的未來。

豐盛源於內在空間的擴展

豐盛的祕密蘊藏在「自然」之中
如果師法自然　契合於完美的食物鏈之中與萬物共生共榮
那麼生命是不虞匱乏的

「自然」的另一層意義是「天性」
順應天性　發展自己喜悅去從事的
那麼豐盛必然在這條道路上
順應天性與任性不同

任性是一種抗議　任性之中有不平衡
而順應天性可以說是無為的
一般人在此處要思考的是自己為何無法順應天性
而必須依循他人的價值觀過日子

走向豐盛之路的兩個關鍵

第一是「接通」自然之流
與自然之流（豐盛之流）接通
∞在數學符號中是無限大的意思
事實上它正在描述周而復始、不虞匱乏的循環
它也是得到與給出的循環
在這個質能不滅的宇宙裡
擁有多餘但無法給出、因匱乏感而犧牲付出　都在阻斷豐盛之流

第二是「擴張」心量
心量打開、包容力打開
都在擴張自己對豐盛的涵納量
看看內在還有哪些緊抓不放的　包括那些假愛之名而緊抓著的
開始去清理它們
你清得越空　宇宙能提供給你的越多

——高靈　里歐

得還是失？

我的公關工作室有一個持續了八年的客戶，每年的十月底是我們構思翌年企畫案的期間，去年在撰寫企畫案之前，我們照例又碰面吃飯。多年來的合作經驗讓彼此默契好得沒話說，除了前兩年之外，我們根本不需要開會，倒是常找機會吃喝玩樂。

在這個飯局上的一個閒聊的空檔，我順口表達了想要進一步淡出公關圈的想法，並且說：「妳們會是我最後一個公關活動的客戶，我太貪戀和妳們在一起的感覺了，與其說這是在參與一個公關案，不如說我是在圖個團隊的感覺……」我沒有預期到流出口中的話語會變得如此感性，竟然讓眼角泛起了淚光。夥伴們靜默了一會兒，我繼續說：「今年我會留下幾項別人比較難接手的工作，其他取代性高的就交還給妳們吧，費用由妳們決定怎麼給，我都接受。」負責統籌的副總溫柔的說：「工作就要愉快得好……」我鬆了好大一口氣！只是因為客戶應允了這件事，而是我又成功地再度鼓起勇氣為自己讓出了一個空間，即使那意味著一筆收入的消失。

這是我第二度淡出這個公關案，在此之前，我已逐漸學會技巧地婉拒其他無法滋養自己的案子了。之所以能夠將手上的錢財拱手讓人，是自己後來已經多次體驗到「輕易的豐盛之流，的確會走向輕易而豐盛的內在狀態」，勉力而為的做事只會賺到辛苦錢。

而將我導向這一路有關豐盛課題的學習，要從二〇〇五年的一次挫折開始說起。

那一年，公關活動開場前的準備，凌亂而錯誤百出，嚴重延誤原來預計的驗收時間。雖然正式上場時仍然看似順利，但個性嚴謹且一向力求完美的副總，在那年的系列活動結束後，決定未來將親自下來與我共同監督下游廠商，並且將原本交付於我、發落給下游廠商的預算全數抽回去。霎時之間，我手上一個兩百五十萬規模的案子縮水為三十萬，這是個雙重打擊。一方面，我的工作表現以一個務實的方式被否定了；另一方面，則真的是著著實實少了一大筆收入。當時我才為了想好好做公關案而收了店，而個人工作室也才展開第二年，發生這樣的事情，讓我開始擔心工作室是否能持續下去。

猶然記得那個恐慌的晚上，我坐在床上，思緒悲觀而情緒低落，然後半放棄地決定讓自己先靜心再說吧……當時我才剛剛進入靈修領域沒有多久，也只能帶著焦慮的心情，藉由靜心與簡單的靈性觀念來嘗試摸著石子過河。

緊接著是，副總開始要自己尋找其他的下游廠商。三家廠商比稿的時候，我也是評審之一，我認為其中兩家的表現是不相上下的，但投票時，我刻意忽略了與自己有裙帶關係的那一家。這一次，我是有意識地做了這個選擇，等於是向宇宙宣告我不再掛勾過去的狀態了，我將內在徹底清出了一個空間。

熬過了二〇〇六年，那個評選出來的下游廠商再一次被撤走，我們還是考慮換回原來的合作公司，前提是要有一位細心負責的窗口。我們果真如願了，這位夥伴一路和我們合作到現在，她並且也成為我的第一批學生。事實上，這位夥伴在後來離開那家下游公司之後，曾經成為我的「員工」；而在二〇〇九年底，我第一度決定淡出公關圈的時候，把她託付給我的客戶。這對我而言，又是一個不同面向的練習：我得不斷擴展自己的無私之

心，把「自己的」擴展成「大家的」，當然，這中間還意味著，本來這「員工」為我賺取的利潤也變成「大家的」了。

看到這裡，故事似乎都在描寫我的「損失」與後來的「出讓」，我得承認，若不是在過程裡有一個關鍵性的機緣變化，使我見識到自己有其他的豐盛之路，我不會有勇氣做後來這一連串出讓的決定。二〇〇六年九月，當時我才經歷四次的人工受孕失敗，仍然身負重任地在某知名中醫診所的人龍中等待傳喚問診，多年前的老同事突然來電，要我推薦文案人選，後來乾脆纏著我跨刀幫忙。幾通三催四請的電話後，我便委身答應了，從此展開我極不熟悉但勇於挑戰的另一個身分——文案。

寫文案時的我開心極了，那是一種源自陰性能量的流動狀態。我從沒有想過，工作是可以從頭到尾都帶著樂趣的，這是我第一次真實的體驗到什麼是「在享受中賺錢」。事實上從能量層面而言，享受的狀態本身就是一種豐盛的振動頻率，那麼它當然會輕而易舉地與金錢豐盛共振。二〇〇七年底的收入結算之後，我發現文案所創造的「業績」，竟然和公關收入已經等量齊觀了。我非常訝異，因為每一筆文案收入和公關案比較起來，根本是枝微末節的零用錢，但文案的工作是如此地行雲流水，以至於我沒有感覺到它已日積月累、積沙成塔。

回想起來，在多了文案身分的第一年開始，我便更「放鬆」了，對於報價比較放鬆，對於案子的來來去去更放鬆……總之，對於自己手上是否能抓到些什麼，逐漸變得更不計較了，似乎當時已經開始領略到**「放手」的實效遠大於「緊抓」**。此外，也的確因為自己真心喜愛與欣賞這些固定的客戶們，因此站在對方的立場為他們著想，就變得輕而易舉，和客戶一起在一個利潤不高的案子中做些利潤的讓步，也會是心甘情願的，甚至會有同舟共濟的感動。

各行各業都有競價求生的割喉戰，我很慶幸自己不需要如此；即使有時犧牲了價格，也都不是出自於恐懼失去客戶或案子。我後來根本不需要留住客戶，因為我們後來真的成為一個整體了，文案的客戶老闆交代他們的會計，把我視為公司員工，我的費用是以匯款而不以支票支付；而公關的客戶老闆後來很謙虛地來上我教的課，我們現在是可以交換私房故事的密友。

從「放手」開始

我這位密友是個年輕的廣告公司老闆，歲數比我稍大，她大學一畢業就進了某家廣告公司，一路從基層做到總經理，後來並兼任董事長。當時她才不到四十歲的年紀，歷練完整而身經百戰的她，本來可以繼續叱吒職場的，但在榮任董事長後不久，便逐漸褪下那家廣告公司的管理職與投資者身分。我比較熟識她的時候，她剛剛成立一家自己的廣告公司，規模當然遠小於過往的公司；不過她敢於花高成本組織菁英團隊，也從不吝惜破費帶著我們到處吃喝玩樂，在我眼中，她對別人的付出總是超過對方的期待。

我過去豐盛意識不足，會以為這裡面有闊綽的習氣。但一路從旁觀察與學習，才知道，能夠這樣付出的人，其實是源於內在的豐足感；那個豐足感不僅促使一個人願意更不計代價的付出，也同時會顯示在「願意放手」的這個面向上。這位朋友除了在年華正好的時機上放下總經理與董事長的位置，連帶放下一大筆滯留在該公司的資金；此外，在目前的公司裡，她委任副總全權管理所有的案子，鮮少過問副總的決

謹將《一的法則》中的話語分享如下——

朋友們，你們從來不是因為工作本身使你找到喜悅，而是因為你已憶起自己正與摯愛的伙伴同行，他的名字是無條件之愛；並且，因為你已憶起自己的真實身分，以及為何你現在選擇待在這裡。

http://tw.myblog.yahoo.com/humanangel-humanangel/article?mid=3275&prev=3280&next=3265

定。每一位擔任過高階主管或老闆的人都知道，能夠放手讓屬下自由展現而不施加掌控，還真的是需要有足夠的安全感，以及視野與高度。

但這個放手，也顯然為她贏得更多彩多姿的生活。她從好主管的角色，拓展為好母親、好親人、美食家、生活專家……等角色，當然，她仍然是好主管，並且是一家賺錢的廣告公司的好老闆。

因此，這位朋友的親身示現逐漸潛移默化著我。我是如此的幸運，不是只能從抽象的靈訊與教導中學習，還有一位真實在商場中、生活中都帶著智慧的豐足感在過日子的朋友可以作為榜樣。

二〇〇八年初，我在和廣告公司的年初聚餐中聊到即將開班帶領靈性課程，這位朋友開口說：「我覺得妳將來會在大講堂教課。」對於這樣的溢美之詞，我當時還來不及感動，但心中有一種受到夥伴支持的安全感。

於是，繼二〇〇六年多了文案的身分後，二〇〇八年我又延伸出另外一個角色——身心靈領域的教師。

因為是小班制且學費便宜，放眼這領域，能夠單純以光的課程來謀生的老師應該不多，因此擔任這個角色的一開始，不但沒想到它會是可以帶來財源的職業，反而認定這是一個侍奉，一個很榮幸可以擔任的事工。也許正因為自己有其他收入，所以比較能夠在開課的時候不計得失，教課的時候沒有後顧之憂，所以那個「侍奉」似乎比較純然。

但不久後，我發現自己低估了這個角色的創造性。事實上，若能夠僅把老師當個身外的「角色」，這便會是個藉力使力來內修的絕佳機會。

靈性領域中的老師其實是個容易陷入危險的角色——不然就是受到崇拜與倚賴，不然就是容易被扣帽子，以高標準被期待而招致批判。若能夠超升這兩個極端所處的層次，那麼空間自然無限寬廣；說穿了，那個超升的關鍵，就是放下所謂「老師」的角色，不憑藉、不自恃，當然，也不偏執地以「靈性老師」的身分來要求自己。

這個身分，不過也是一介凡人，而且由於它的影響力，必須更要謙卑恭謹的學習：你不能讓說出口的道理，是自己尚未實踐或無法實踐的。

我一路領悟與體驗這些道理，直到最近，才敢說自己能初淺地活出這番狀態。也因為這個密集向內拓展與提升的路程，產生了有趣的邊際效應——學生越來越多，開課越來越容易。甚至，也發現在教課領域之外的金錢流動更大幅度地展開。

雖然這連續兩篇文章刻意聚焦在「豐盛」這個題目上，但讀到末尾，你必定會發現，豐盛不會是一個單獨的命題。凡願意走入內在，拓展並提升內在境界的，勢必會進入一個更宏偉順暢的豐盛之流中；而這個過程，經常是從「放手」啟始的，「緊抓不放」正好是箝制豐盛之流的力量。

若把宇宙當作是豐盛的終極，那麼，宇宙其無所不納的涵容能力、其所以能無所不納的空性，正好是它豐盛的原因。走在豐盛之道的路上，你逐漸會發現，這其實就是內修之道，反之亦然；走在內修的道途上，終究也會發現，其實這就是豐盛之道。

靈性世界vs.物質世界

這是一個陰陽相生的世界
靈性為陰
物質為陽
在靈性的層面　萬物合一而同源
在物質的層面　萬物有其各自的形貌與特質
它們看似相對　實則相生

譬如你每天根據不同的天氣與場合選擇不同的衣服
那些衣服各有其特色與功能

你是源頭本體　屬陰
衣服是分支　是延伸　屬陽
你透過穿戴不同的裝束有著不同的體驗
當你越會透過衣服裝扮自己　你就越有自信
而當你越有自信之時
那麼你便開始不論穿戴什麼都那麼美好
這就是陰陽相生的道理

對於追求靈性的人們而言
確立自己的物質面　也就是個體性與獨特性是相對重要的
當你更能實證自己的獨特價值
你才會不再恐懼失去自我　或者失去從自我中衍生的一切物質擁有
那麼才有可能無畏地貢獻整體　進入合一

——純陽之師呂洞賓

靈修者都知道，外在事物來自於內在的創造顯化，但那是一個什麼樣的過程呢？簡而言之，最初，它是內在的一個具有某種潛能的環境，然後發出思想念向，於是帶著正面或負面的感情，最後以實際的動作顯現於外，塑造出有形有象的物質。若是以鏡射的概念來看，物質界與靈性界其實不過是彼此映照的相對應世界。從這樣的邏輯說起來，那麼，由內在所煥發出來的勢能，必然要有一個相對應的勢能為它「剎車」，才有可能讓這個有方向性的勢能以相反的力量停駐在實像世界，這個剎車的力量也稱之為「阻抗力」。

我在學生時代就讀大氣物理系，對於氣旋（逆時針旋轉的低氣壓）與反氣旋（順時針旋轉的高氣壓）的原理稍知一二，而靈修靜心使得身體更加敏銳之後，經常會體驗到非物質界的氣旋與反氣旋勢能。兩相比對下發現到，若物質界與靈性界在同樣方向性的渦旋狀態中，帶來的是相反的效果。

譬如，物質界的氣旋中心有一個向上的抽拉力，颱風或龍捲風就是一個明顯的例子；這些劇烈天氣現象的渦旋中心便是強烈的上升力道，所以龍捲風能把掃過的房屋、樹木等捲到空中。但在靈性界，逆時針旋轉的狀態卻形成一個向下的抽拉力，例如光的課程在靜心次第的一開始，便導引一個逆時針旋轉的能量光場，來清理自身的濁氣從腳底排出體外。

這些很基礎的理論與現象，其實可以套用在許多人生的實例之中，能一再地說明物質世界與靈性世界法則的相對性。例如物質世界要我們勤做計畫、掌握未來；但靈性世界則是一個活在當下方能凝聚創造力的情境。例如物質世界要我們父慈子孝、兄友弟恭，謹守角色的本分；但靈性世界裡人人都有神性，對他人的愛與敬意並非依守角色而來，一切均真誠地源於自性之中。

我有一班學生大多從事業務相關工作，因此對於如何能將「活在當下」運用於他們所處的物質世界產生困擾，他們因而疑惑：「難道勤作計畫、想要掌握未來就不對嗎？那我們還能做什麼呢？」靈性是物質化的初始狀態，因此想要創造金錢豐盛，要視創造者在每一個當下的凝定力，以這樣的心靈狀態為基礎所發展出來的作為，自然會有力量，便能顯化想要的物質現象。相對而言，過於著眼在計畫的狀態，其實是缺乏信心的，內在是有恐懼的，基於這樣的源頭而起的創造與顯化，當然便會疲弱無力。

較能時時回到當下的人，通常不會做太長遠的計畫，因為「想要掌握未來」就是一種掌控心態，反而會限制未來的可能性，並把僅存在於當下的力量流失在未來。「過去」與「未來」向來是虛空的概念，力量始終不會棲身於這兩處。較能活在當下的人雖然會有願景，但也許只會有下一步的計畫，而這「下一步的計畫」是基於當下的因緣而生的，於是生命便是一步接著一步的隨著因緣而走，順流而下或順勢而為，不需費力。

靈性世界與物質世界雖有相對性，但絕非彼此反對，它們反而是相輔相成的，運用得當，則處處是藉力使力的因緣。譬如我們會透過日常生活中的經歷（物質界），來作為自我觀照的素材（靈性界）；又譬如我們會以內修狀態運用並顯化在物質世界，以證得修持成果。

但許多靈修者，尚未能明確辨識物質世界與靈性世界互為表裡或互為對照的精妙所在，經常誤把物質世界的法則套用在靈性世界中，因此越修越遠離自性。譬如在物質世界裡是鼓勵我們立定志願的，但我們想想，若有人「立志」成為靈性老師，那麼此人會如何來完成這個願望？他可能會尋找靈性界的名師來追尋與模仿，他可能會尋找「很厲害」的課程來習修、會拿很多靈性的證照，他會想要短期習修到高點，他會開始與靈性中心建立關係，他可能會醉心修術忽略修心，因為修術呈現的效果看起來要較修心快速許多，並且更能眩目於人。

但很不幸的是，以上每一項作為都一步步地把我們帶離靈性老師的角色。事實上，一位有啟發力的老師，其實不過是一位道道地地的內修者，只是他在內修過程中，自性之光逐漸展現，而讓他適合那個角色。在制高點上來看，靈性領域中並沒有老師這回事，每一個角色都是虛妄中的真實，人們藉著角色扮演來進行修練與學習之實，可以說，這也是一個藉力使力的狀態。

再說說「成道」這件事。許多人認為，成道必然是靈修者的最高指導原則了，但我們看看一個人立志成道之後會做些什麼事？他會挑選可以使他成道的課程，或者處處尋覓成道大師，他會下意識地依循成道者的樣貌（而徒具其樣貌），他會有很多對成道狀態的自我投射或自我催眠……那麼反而在立志成道之後，卻無時無刻不在遠離成道——遠離他自己，遠離凡俗的生活，遠離他認為不足成道的微小事物。但事實上，凡俗生活與微小事物，隨時都攜帶著點化我們成道的因子。

人們殷切地追問老子何謂成道，老子先說，沒有成道這回事；然而見人們為之疑惑，便又淡淡地說：「成道就是餓了就吃、渴了就喝、睏了就睡……」我們什麼時候可以這般沒有罣礙的隨順因緣而行？

那是一個可以隨時活在當下的狀態，因此這些話語的深意其實是：在物質世界中去覺察，為何我們無法隨著造化之流而行，看到那其中的恐懼，然後在清理與提升之後融入造化之流中，成為那隨時可以運用物質法則的創造源頭。

與上主之間，一無所有

要達到妳心中所嚮往的生命狀態與生活方式
過程裡還有一些石頭
它們還在冶煉之中
目前你所接觸的那些機緣不一定是妳最終的目的
但妳可以在裡面受到滋養

這樣形式的聚落生活　就是遠古時代的生活方式
當時你們與我們既熟悉又親近

經常從我們這裡得到許多知識
並能夠從天與地直接吸收養分

除了栽種農作物
妳們也從羊群身上取得羊毛
並且善於使用竹子防風、遮蔽
並且從燻烤的竹子身上萃取菁華來治病
天然的藥草是妳們擅用的資材
而八千年前的治水智慧會再度被喚醒　被使用

妳們的確會以各自的專長來彼此資源交換

妳們會開始更緊密地運用「地水火風」四大元素在生活中
地　是從土地生長的作物　藥草素材
水　是雨水、溪流與河川　其實是天與地的循環

火　是淨化與療癒
風　是傾聽大自然與更高次元的訊息
妳們會開始學習根據意念調整晶狀體的結構
以保存訊息與能量
會有進階的科技發明手機大小的導航器
可以調整以意念溝通的頻道

——大天使　加百列

二〇一一年二月四日，我坐在開往花蓮的火車上，隨著節奏有序的行進音律，窗外的鄉野景致飛快掠過眼前，胸中心緒也一波波湧現。於是我打開筆電，開始了這篇文章。

兩個多月前在網路上認識一位朋友，看到他正開始倡議本地的生態村概念（註）。當時我對於這概念還很懵懂，但一直以來，我嚮往在大自然中生活，也夢想能在一個擁有大窗子的廚房裡享受料理樂趣，而窗外，就是一方自己的香草園與菜圃，於是我表達了想要了解生態村的意願。一月中旬，我們碰面談了許久，第二天，這位現在自稱是生態村總幹事的朋友，竟然便宣布我擔任生態村的村長。

許多變化便從此刻急轉直下。當我看到朋友在臉書上強邀我出任村長時，心中本來惶恐地想要推辭，但我的姊妹淘彼時正在身旁，她非常堅定地鼓勵我擔當這個角色。接著我們在一起靜心時，我詢問了我的加百列天使，祂很明確地給出鼓勵，並且暗示第一批主要推動者會有四個人。我猶豫地跟祂說，我不知道該怎麼做，加

生態村

簡單來說，生態村是一種基於與大自然互助合作的概念下形成的小型社區。譬如：屋舍有蒐集雨水提供灌溉的設施；栽種的作物與生態池比臨而居，有鳥類棲息以啄食作物中的昆蟲，因此可以不使用農藥；而家中的廚餘可做成堆肥養育土壤，因此可以不需要額外的化學肥料，並且好的土壤栽種出來的植物不容易染上病蟲害……這樣的社區自成一套完整的食物鏈，生生不息，並且不假外援，因此是自給自足的豐盛情境。

在社區中的行政運作也是自給自足的，雖然通常會有「村長」的配備，但決議是透過議會運作的。因為是一群身心靈齊備的成員參與其中，因此更能夠以利他的方向來決議，不是一個寡頭獨裁的政治體制型態。

《與神對話》、《克里昂的談話》、《齊瑞爾的預知生命大蛻變》、《地心世界列慕尼亞人的社會狀態》……都曾經談到過以上的生活方式，這會是進化人類所居住的未來世界。

百列說祂會隨時給予指引，並且，祂交給我一顆淡粉紅色的水晶玫瑰，旁側連著水晶珠鍊，上頭串掛了個十字架。姊妹淘立刻激動地指認，這就是玫瑰十字教派的象徵。姊妹淘與我不難推測應與玫瑰十字教派有些淵源，但未來的生態村會如何與玫瑰十字教派之間有所連結？目前還不得而知。也許在那樣僻靜的自然環境中，與一群內外都趨於完備的人們共處，會有很大的機會能夠逐漸回復過往靈性昌盛時代的經典教導吧。

朋友隨即加快腳步，不出幾天，便在壽豐鄉找到一個有著簡單別墅座落其中的七百八十坪土地，以這裡作為天使部落的基地。接著，便有所本地開始撰寫短中長期計畫，以及撰寫今年舊曆年期間的短期營隊計畫。計畫推出時，已離營隊首日剩下約莫一週的時間，不過網路上依然回應熱烈，三五日之內便名額爆滿。更值得一提的是，基地裡百廢待舉，特別是，冬寒的日子裡要擠進大批學員，得補充許多物資，我自告奮勇要這位朋友列出清單與價目來幫他募款。當時我暗自大膽評估，也許一兩天便可以募到費用；不過第二天，在我大半天沒有上網的時間裡，習慣親力親為的朋友已經募到八成的款項了。雖然名為村長的我，有點尸位素餐的遺憾，不過還是為網友們的熱切投入感到驚異而感動。這也顯示「這事情做對了」，才會有如順流而下般的輕易，並且還集結了多次元的眾志在其中，因此事情快速而順利地，不像是三次元世界原本應該會有的狀態。

而我在另一頭，一面應接不暇地收看總幹事寄來的一篇篇文字說明，期許自己快馬加鞭趕上進度；一面持續向內觀照自己是否能夠準備好，未來投入花蓮的生活，甚至把生命的大部分投入在生態村的推展行動中。

在這不到兩週的時間裡，我內在變化的跨距持續加大，而身旁的天使們似乎也依約給予協助。某一日早晨起床前，我清楚聆聽著喃喃低語述說：「移民到生態村，不是要先取消妳原來對物質的『需求』，是要逐漸取消妳對物質原來的『看法與觀點』。」我想高靈的意思是，在改變目前物質生活的外貌之前，得先認知，所有的外在都來自於內在。譬如說，當我們更認知，在真實的靈性世界中人與人之間並沒有界限的時候，那麼就沒有所謂私人財產這件事了，我們無法在靈性領域夸夸而談合一境界，卻在物質世界裡犧牲他人而為個人謀利。

於是幾天之後，我有感而發，在臉書上寫下這段文字——

「生命變化的速度越來越快，一年多之內從公關轉型為老師，從人妻轉型為單身，從依附者轉型為主宰者……一年前同情我的朋友，現在說我在替她們實踐夢想。可現在，我竟然開始在思索要展開一種新的授課方式，不在任何教導之下、不訂收費標準，讓真正有勇氣向自己學習的人，不炫惑於課程名目的人走進來。我想要讓僅存的、委身在普世價值結構之中的最後一點點束縛，逐漸從我身上脫落。」

為了要大步向前，我得先從內在清出一條道路來；為了準備未來移居到心所嚮往的鄉野之中，我得開始放下台北的生活方式；並且在此之前，先放下侑於普世價值而被綁縛的種種，即使這樣的綁縛再輕微、看起來再合理，只要它有不符真理、不夠自由之處，我都要練習去穿越它。這就是我決定自設課程，讓聽者決定付費多寡的原因，唯有這樣，我才擁能有完全的自由。

而這段有如宣告一般的語言，正是要在行動之前就先斷了後路的做法，彷彿眾人們都在監督與見證著，這樣我才能不妥協，才能義無反顧。而這篇文字也得到空前眾多網友的認同，在臉書上的個人發表中是極為少見的踴躍，就像生態村的推動一樣，有種集結眾志、能量聚合的動人情境。

於是二月八日，在天使部落的基地裡，我看著《與神對話》的影片，隨著Neil戲劇化的生命故事掉淚。然後，我突然領悟到，上主（註）一次次「奪走」Neil的一切——婚姻、

上主

指每一個人內在核心的神性，當然也可以方便地視祂為衍生萬物的「宇宙中心」，或者意識之上的至高點——空性中的一切萬有。

總而言之，祂並非任何一個局限的宗教派別中、任何一位要人崇拜畏懼的神。

健康、事業、財產，讓他一再跌落一無所有的谷底，不過是要拿掉他與上主之間的障礙物。我們之所以能夠看到一連三冊的精采對話，那是因為對話的障礙物已然撤除；當我們在心靈上孑然一身、一無所求、獨立而自由之時，才能與神真正交融。

而那兒，便是我此刻期許自己所要行進之處。

後記

三月份起生態村的計畫有所延宕，我便趁此空檔報名農耕課，親力親為地投入更多種菜的實況與修習之中，這等於是我過往栽種花草經驗的延伸與深化。農耕班的老師陳琦俊先生投入有機與自然農耕領域已有二十年，曾經在合歡山上力排眾議、獨道孤行地實踐自然農耕長達五年的時間，陳老師也對人們未來自給自足的共生方式有許多務實的想法。

雖然陳琦俊老師在二〇一四年已然辭世，但那些師法自然的種子，早已落腳在許多人的心田，等待生根發芽、遍地開花的那一天。

愛與自由

大多數人的不自由來自於過往或未來
執著過往的怨懟　因此無法自在快樂
恐懼著未來的不確定性　因此無法自在選擇心之所向

雖說真理使人自由
但唯有披荊斬棘去實踐過的道理
才是成立的真理

「活在當下」是真理

但唯有開始實踐活在當下的狀態
才會發現更深的阻礙是什麼
才有機會放下

放下了　無所執著與抵抗
那便是「無為而無不為」
內在的空間便敞開來
讓造化之中自生自長的原動力從你之內油然顯現
你像一棵樹一般　不擔心生存條件與優勝劣敗
臣服與大自然的合作中
無所憂慮與畏懼
你便自由了

——杰夫上師（老子）

在探索自我的漫漫路程中，無可避免地，「自由」必定會是個重要命題。從思想自由、身家自由，一路到由內而外的自由；從屈服、叛逆、溫和地做自己、一直到無為的存在。來自遠古的、深邃內在的召喚，始終以那低沉渾厚的音律，恆常持續地引人向前，讓我們一次次卸下加諸在自由之外的沉重負累。總有一天，我們終將以本來的面貌如實呈現，於是我們知道，自由始終棲身於真實、愛與勇氣之中，自由從來不在外面，無須追尋。

也許大多數自詡生性自由的人們，多少還是有來自於世俗的框架殘餘在身上，我也是一樣。我來自於紀律嚴謹的家庭，學生時代是老師們眼中優秀的孩子，因此當我非常晚熟地開始發展自我之時，那個前後經驗的落差，讓我誤以為自己已能為自由發言。直到內修之後，在更能掌握內觀方法之後，才一次次發現自己的局限性。

二〇〇八年初，我展開教授靈性課程的體驗過程，首次居於老師的位置看世界，才驚覺到，一個被世俗賦予權力的角色，的確很容易不知不覺地陷入權威的行使之中。譬如：在課堂上同學們私下交談時，老師很容易便能假其角色之便制止這樣的情況，有太多理由可以支持老師以紀律之名圖唯我獨尊之實了，即使是靈性老師。當然，靈性老師們可能會比較克制自己，而以靈性的樣貌來制止學生，但也只是徒具樣貌而已。基於「外在事物是內在狀態所反照」的真理來看，要先處理的一向都不會是外在情境，先觀照內在對於外在秩序混亂時所生的思想、情緒以及行動反應，才能掌握化解外在問題的原點。

我的確也曾經溫柔地制止同學們私下交談的行為，但小我很狡猾，它可以偽裝成更高級的樣冒呈現，譬如講出一套動人的道理來說服學生，但這樣的說法不過也只是為自我服務而已。有時候，問題會以包裝精美的方式呈現，譬如當其他同學來反應這種私下交談已影響到學習的時候，老師便更有藉口可以行使權威了。

但這樣都還是僅在物質界解決問題，並非究竟之道。某一天，《聖境預言書》中的其中一個教導乎地出現腦海，它提到，當人們群聚交談時，若成員們都能把焦點聚集在發話者身上，能量灌注在他身上的結果，便能夠讓發話者有更深刻而豐富的表達。因此我引導同學們，在上課時多關照他人的需求，於是自己也有了奇妙的轉化。逐漸地，我開始感受到，並不是「同學們在干擾上課」，而慢慢將問題點收拾回來，期許自己更專注而精進。我當時已領悟到，若課程精采，同學們根本無暇交談，或者那交談的學生會自動離開課堂。當我自己更處於專注而深邃的狀態時，整個課堂的能量場會跟隨著寧定下來，會更往深處走去。

因此班級上的學生們由外而內地更自由了，我們除了偶而會帶到咖啡店或公園上課與靜心，同學們還自動自發地攜帶各色美食來分享。看到同學們雙重地享受物質與心靈饗宴，總讓我領受到加倍的滿足與感動。而同學們總是不忘為無暇吃喝的我留下一份食物，甚至特別準備一份給我；更重要的是，在透過互相關照所形成更大程度的自由之中，我們的自我剖析開始越來越深刻、越來越動人。

在機緣的安排之下，我開始投入本地的生態村建制行動中。今年的舊曆年間，我把大部分時間花在花蓮天使村落的自主學習營隊中。所謂「自主學習」，指得是學習課程與學習方式都相當程度的由學生們決定，因此我們不一定會預先知道第二天上什麼課，也不會知道每堂課的上下課時間在哪裡。一般的團體生活中，傳統上必須是要訂定生活公約的，甚至要有紀律來規範大家的生活作息；不過這裡幾乎都把它們一一放下，讓學員們在多天以來近距離的彼此謀合，自己找出平衡與超越之道。這個經驗對我而言，又是一次回歸自由的擴張。

無可避免的，營隊裡自然也出現了普天下團隊中會有的現象，譬如一方面有人習於早睡早起，但一方面許多喜獲夥伴的學員們又總是秉燭夜談捨不得睡覺。由於我的角色除了學員之外，還號稱是未來的村長，我揣摩著要如何服務大家，而非以權威來解決問題。

在自然而然的安排中，我們有了一次學員們的聚會交談，大家很快有共識，要在更關心其他人的情況下行使自己的自由，取代按表操課與訂定規條的紀律式管理。早睡早起的成員與秉燭夜談的成員都有所表達，並獲致對方了解，相當程度地消融彼此因習慣落差所導致的能量摩擦。

營隊夥伴 Tomas 說：「我覺得在這個團隊中表達意見是安全的，覺得任何一種表達都會受到支持。」我想這是對一個充分展現愛與自由的團體最適切而動人的描述了。

看著成員所帶來的孩子們在課堂上往來奔跑與笑鬧，而老師與大夥兒繼續自在地上著課，我著著實實看到這裡所存在的、諾大的寬容與專注度。

真實的自由中必定有愛；或者，回歸自由的過程，就是一個發現愛的過程。

甘於平凡的況味

安住自性即平凡
既然萬物之本體即為佛
那麼當不再於佛性之上有長物
自然便呈現原來佛性

但佛性之上的長物也有意義
不在功成名就之後回返
不知道平凡的深度與珍貴
不自高樓大廈中回返

不知道綠野山林的無可取代
不從滿足欲望之中回返
沒有資格談無欲

總有一天人們會明白
只是平凡自在的呼與吸
便勝過尖端科技所提供的營養品

因此
平凡之中尚有層次
是經歷了見山不是山之後的回返
是寧定於見山又是山之中的平凡

——佚名如來

我所帶領的「光的課程」總共有十六個級次，每個級次得花三個月走完，如果老老實實的緊接著習修，也要四年才有辦法結業。當年是學生的時候，我不只一次向老師抱怨級次太多，要「完成」這課程得花太久時間。的確，現在也有不少老師把課程濃縮著教，或者認為光的課程速度太慢。但直到我真正進入內修的浩瀚世界後，才明白這條路根本無法執著於「完成」這概念，一旦想要達成什麼、一旦想要更快速，那麼便註定與你所企望的素質更遙遠。

沒有什麼要追求的境界，「追求」是向外的力量，那只會讓我們返往內在之光的步伐渙散凌亂。當內在之光逐漸綻放出來時，便會發現外在是「怎麼做都對」的。因此，在我當年上課的那一班解散之後，至今我仍自修不輟，持續在享受一層接著一層自我探索的樂趣。

開始教課之後，才發現光的課程所賦予的另一項大禮——唯有這樣長期的課程，老師才能看到自己與學生們互動之間的全貌。首先，學生眼中閃著崇拜之光的看著妳，下課會排著隊等妳給她幾句指引與鼓勵；慢慢的，學生成長了，從喊妳「老師」到喊妳「安琪」；有時候機緣到了，學生們會另擇良木而棲。

本來以為這大概就是所有的風景了。但某一天，我在以過去曾講述過的例子來詮釋某種觀念時，一位悟性極強的同學深深地點頭，說：「從我看去，今天的妳和過去的妳是截然不同的！」「以前我會想『安琪這姑娘未免陳義過高，不知道在逞強什麼……』，但我今天第一次聽懂妳在說什麼！」

這就是長路之中難以逆料的樂趣，即使自己不動，別人動了，風景就會不同。

而一路以來，自己也不斷在「動」之中練就「靜」的本領。曾經是菜鳥老師的時候，我總是把焦點放在學生們不足的地方，看到學生們在無明中掙扎會令我輾轉反側，總是想著要怎麼點醒他們，好讓他們能早日重見天日。後來才發現那是自己的功課，我自己需要看到更大的圖像：看到在困頓中摸索的經驗是無法省略的，看到對方想要跳脫無明的意願尚未累積俱足；並且，要真正能信任每位學生內在都有強大的智慧與力量，捷徑只會使得靈魂的旅程在營養不良之後重新來過。

沒有人需要被拯救，即使是這個天災頻仍的世界也是如此。每一次，我們對身旁的人、對這個大環境有無力感時，那都是我們必須開始「拯救自己」的警訊。去看看那個「你想要拯救的人」如何觸碰到自己的弱小與傷痛；或者去看看，自己是否曾以放下生活中的衝突去實質地緩和這個世界的衝突，而非只是批判與抱怨；看一看自己是否有逐漸落實一個節能自愛的生活，來真正地消弭天災的起因。

於是後來，我很難再主動開口挑出學生的暗點了，除非學生們提問，或者學生在當時的經驗分享中已差臨門一腳。**意願到了，耳朵才會打開；智慧到了，領略才能到位**。一個人的生命能夠開始質變，不會只是老師的提點，是他受夠苦痛了、走投無路了，所以才能心甘情願的走入「內在」這條唯一能改變生命的路。

從我與學生長期互動中學到的另一門功課是「回歸真正的平凡」，這不是指自廢武功、棄甲歸田地讓自己徒具平凡的外貌，它是內在真正地甘於平凡——內在沒有求勝之心升起、沒有執意要自我展現的內在勢能、沒有要成為學生們仰慕追隨的大師。就像練武之人一般，一開始總是羨慕厲害的章法，想要學習更多繁瑣的招式，但成熟之後，功法便越來越少，甚至沒有功法。**李小龍曾經提到，當他處在自己裡面的時候，可以「看到」所有該展現的動作，他只是簡單而誠實的反應自己而已**。

靈性老師，尤其已能展現功力的靈性老師，最大的誘惑便是輕易能贏得他人的崇拜、贏得他人對自己的倚賴追隨；但從綜觀靈魂旅程的視野來看，「老師」也只是個虛名，和其他所有角色一樣，是藉以體驗黑暗與光明、分裂與整合的角色。但身在凡俗世界之中，人心總想優於別人、超凡入聖，我也不認為需要去抗拒想要讓自己優異的欲望；如果帶著深深的覺察進入那欲望之中，一旦能稍稍實證自己的優異性，深深地看透了那「優異」境地的風景時，就會自然而然地沒了要再往前追求的動力。這時候，便又有一個靈魂的負累剝落下來，心性契入內蘊廣袤無垠的平凡自在之中。

大師只能教出徒弟，而平凡的老師則教出大師。老師唯有讓自己平凡，才能讓學生把流失在自己身上的力量收回去，而讓學生發現自己的神性。老師是暫時的引路者與陪伴者，老師不是代為斬妖除魔的英雄。

於是，當沒有什麼想要證明、想要展現或想要達成的時候，剩下的便是順勢流動出去的話語或作為，它會像是李小龍所說的「如實反應」，也會像是一種「分享」的狀態——滿溢之後的無法不給。

孔子曾在他名滿天下的時候向當時默默無名的老子請教：「如何培養人們的道德與品性呢？」老子笑著說：「只有不道德與品性低落的時候，才會產生道德與品性的問題。一個有道德品性的人，不會知道什麼是道德品性。所以，不要那麼愚蠢，不要培養，只要自然就好。」感到自己平庸的人會想要不凡，而徹底經歷不凡的人則會想要忽略自己的不凡。終於，當此人在真的被誤以為平凡之時還能處之泰然，甚至無所意識時，那麼便開始進入平凡的「道」之中了。

Part 4 靈魂旅程

眾生平等的多次元世界

以「平常心」與「平等心」看待萬事萬物
是打開靈界覺知的鑰匙
也是你能真正理解多次元世界的關鍵
基於這樣的認知與心態而成為不同次元的媒介
便猶如動物界的蜜蜂因採蜜授粉而使植物界的植栽開花結果一般
讓多次元的不同物種得以跨入下一個成長歷程　得其善果
「平常心」與「平等心」會讓你知曉

所謂生命的永恆並非僅指無限久遠的時間
所謂多次元的世界並非僅指層層疊疊的空間
「當下」的全息展開　指出所有生命皆出自於一
那些所謂駑鈍的、精進的
使你心生恐懼的外靈、使你嚮往的天使、直至遙不可及的涅槃神性
在全息圖（註）中都只是從「一」發散在虛擬的維度與時間線上的點
他們都是「你」

因此
「平等心」更精確的說法是「不動之中的全知全見」
在有限的時空切面中　眾生的確不同
但從那永恆不動的制高之點綜觀世間
萬物從一而來　終歸於一

在這樣的綜觀力之中

自然有莫大的慈悲從中升起
你不卑不亢　萬物就不卑不亢
如此一來　方能透過與萬物的同理共振
洞穿萬事萬物的真實身分

——愛彌利亞

這一場春分的集體靜心聚會結束後，一位像小沙彌的可愛男生走向前來，靦腆地問我：「老師，如果常常看到『可怕』的東西該怎麼辦？」他的意思應該是經常看到處在第四次元的魂魄吧！我經常接觸這樣的對象，許多體質特殊的人，也許終其一生都要在其中困擾與害怕。我很能體會這種人的境遇，因為自己也是從小便頻頻被「騷擾」。

童年的時候，我是個有輕微強迫症的孩子，每天睡前總要不斷重複幾個無意義的動作，以至於我從小學一年級開始就有失眠的症狀。這種陷入無法控制的循環情況，就等於是小的業力輪迴一般。不久之後雪上加霜，我開始在晚上與無形的空間交會，膚觸的、視覺的、聲音的，令我夜夜恐懼並且喘不過氣來，這樣的情況持續到我長大成人。

大概有超過十年的時間裡，幾乎每一個夜晚，自己總是在沉默中承受這種奇怪的經驗，而沒有告知任何人。直到考大學的前夕，才鼓起勇氣怯生生地跟媽媽提及此事。媽媽愣住了一會兒，不知該如何是好，便說：「等妳考完聯考再帶妳去看看『精神科』吧！」

雖然搬離娘家之後，這樣的情況減少許多，但我至今仍不時要再次經歷類似的狀況。隨著靈視力的拓展，似乎連帶也對這些魂魄看得越清楚。好在，就像天使在我面前顯現的狀態是「光」而非形貌一樣，這些魂魄所顯現的樣貌也僅是一團幽光，或者是具有人形的幽

全息圖

原文為Hologram，又稱全像圖。

當三維的立體物品投影在二維的平面屏幕上時，所呈現的影像便是這立體物品的全像圖。這是一個把多維狀態簡化的一個方法。

我們想像宇宙在虛擬的空間中瞬間爆炸，煥發無限多個生命種籽，這些生命種籽又各自在虛擬的時間軸上發展其靈魂旅程。當我們把這虛擬的空間與時間一次次投影在更簡化的時空維度中，我們最後會發現，在多次元演化與分裂的生命種籽，最後都匯聚投影在一個點上，那就是無始無終、不生不滅的「當下」（時）與「合一」（空）。

光，並不似民間流傳的各種陰森森的形體一般。其實這些處於其他次元的存在體會被我們「看」見，是因為它們投射在第三眼的屏幕而顯像出來，就想我們的眼睛看到外界的形體色彩一般。所不同的是，當我們的文化、宗教和所受教育的背景不同時，被投影在第三眼屏幕的顯像方式便因這些認知而不同，這就是為什麼我們需要超越較低層面的偏狹認知，而進入更高層面的綜觀點上，才能看見越接近真理的狀態。

靈修之後，逐漸開始了解所謂的靈界（不論是較高或較低的界域），才逐漸明白「眾生平等」的道理。其實，流落在第四次元的魂魄們，要不然就是不明白他們身在何方，或者就只是需要幫忙，就像我們也經常求助於天使或上師一樣，我們有許多迷惘，常常失去方向，這些靈界的朋友們不也是如此？

明白這些道理後，的確在遭逢幽魂干擾時會不再那麼害怕，但我自知也尚未達到可以完全無懼的狀態。二○○九年的某一個晚上，我側著身坐在床沿靜心，才剛剛進入狀態，瞬間又感覺到背後有幽魂再次欺身而來。正待那一股沉重的能量體正要蔓延到身上時，我靜靜地用意念跟他說：「很抱歉，暫時不知道該怎麼幫忙呢！」並呼喚天使來協助指引方向，迫人的壓力便轉瞬間消退，那一次的靜心便繼續順利地完成。

花了幾十年的時間，才有辦法好好地與幽魂說話；而過去，都總是在畏懼中反射式的怒罵，以為可以嚇退他們，但這方法從來也沒有效果。

回想求學期間的十多年裡，一到了入夜就寢之前，害怕便逐漸累積，然後總要在半夢半醒間經歷外靈欺身的沉重壓力。但奇怪的是，只要一見到第二天的晨光，我就像魔法一般地忘了前一夜的種種，因此也沒想過要向誰求助。

開始靈修後，懵懵懂懂地逐漸開啟內在之光，才知道這樣的光更勝過晨光，它照進了童年、甚至宿世以來的黑暗，不但讓我一步步走出循環，也讓我明白，當時的黑暗其實是為了效力光明。其實我也明白，終究有一天，當認知更成熟了，方法更老練了，我們有可能成為引渡者，藉著我們與更高層面的光，將會把幽魂們導引到回家的路上。

沒有什麼不能破解的，只要願意開啟內在之光。

通靈與同理心

你們也許知道每個人都有通靈本質
但如何能開啟通靈本質呢？
答案很平凡
一是凡事向內看自己的起心動念　收回向外的投射習氣
二是看到內在的負面念頭與模式　加以清理與療癒
這兩項動作都在清空那通靈的管道　以便讓訊息能夠流通
或者說　是在讓你肉身的振動更輕盈
能與更高世界的振動頻率接軌

因為每一個負面的念頭與情緒　都是沉重灰暗的
會黏著在你的存在體之中　拖累著它的振動頻率

另一方面
由於較高振動頻率必須通過你的物質體
因此你的肉身要足夠的強韌與健康
就像音響線的結構要足夠粗大縝密
才能允許大量的、不失真的聲音經由它來傳遞
強韌的物質體能夠調節自身的阻抗力
能夠耐受較高振動頻率通過　但不至於讓自己受傷
心臟會是最容易被衝擊的器官
鍛鍊你的心輪　能有助於心肺功能的調節
也有助於訊息的流通

此外　累世回溯是怎麼發生的呢？

你們累世的紀錄——阿卡西祕錄　有如光的晶片一般
存放在較高振動頻率的體系中
如果你能提高振動頻率　便能進入取得祕錄的體系之中去打開它
它在更高世界中是開放的

通靈者容易受到崇拜
但通靈的能力與靈性程度之間　沒有必然的關係
有些人具有天生易於通靈的體質與結構
但智慧尚未到達時　便無法消化較高世界的訊息
無法領略與轉譯這些訊息
至於那些你們去問事時能夠準確回應的靈
它們是在二元世界回應你
也許它讓你準確的命中了目標
但你在這裡面沒有領受更多的光

你們對通靈能力既羨慕又迷惘
何不開始透過上述二法練習通靈

——大天使　邁可

唸書的時候，我們大氣物理研究所分為「分析組」與「預報組」。分析組是找來發生過的一些較著名的天氣案例來剖析，譬如：把某次颱風或豪雨的氣壓、風向、雨量、溫度……等因子加以分析評判，建構出代表這類型天氣現象的方程式，以致力於未來同類型的天氣現象；而預報組則是在這些方程式的結構裡再加入「時間」的要素去模擬修正，當未來的天氣現象發生時，便可以就這個含有時間要素的方程式來對時間積分，這其中的重要過程就是得輸入大量前一時刻的天氣因子，才足以預測下一時刻的天氣現象。

以上那些說明不用讀懂，只需要了解以下兩項結論——

一、分析與歸納是預測的基礎

二、過去是未來的基礎

研究所二年級的時候，研一班上有位從空軍官校考進來的學弟，比我這個學姊還要大上九歲，他對紫微斗數很拿手，很快就以一張張命盤風靡了一群學長姊。我當時只叫了幾聲大哥，便厚臉皮的跟在旁邊偷學。人人都對自己的命盤最有興趣，我也不例外，拿著代表自己一生運勢的這張單薄的紙，就那樣三番兩次的拿去請教大哥，並且翻閱著一本本書籍開始摸索。

也是合該與紫微斗數有點兒緣分，盤中的一百四十四顆星曜很快的就開始有了生命力，敘述著自己不同的面貌與個性，讓我要忘記遺漏都不可能。往後的十幾年間，我自己也靠著幾招三腳貓的功夫唬了不少人。印象最深的是，幾年後任職的某機構長官被我命中當年將連擢二級，並且有二妻之命。前一個預言當年隨即印證，後一個預言呢……其實在我說出口的時候才發生不久，但這位長官是在多年後才招認的。他在出國履任新職之前，十多年間一直是我的固定「客戶」。

說自己是三腳貓一點也不是謙虛，因為我紫微斗數的基礎真的是不扎實，我對於要記憶背誦的東西很不耐煩，一度終於報名了個班級想要補足這些基礎，不過沒上到一半就逃學了。所以我看命盤一半是靠直覺與靈感。但為何這些看似虛幻抽象的直覺大半都能夠印證？

直到自己開始內修之後，才忽然明白，「同理心」是通靈（或命理）的前提，而「對自己的了解」則是「同理」別人的基礎。

所以把這個脈絡整理出來便是：徹底了解自己↓同理別人↓鐵口直斷。

現在回到前面整理出來的兩點，將它們放諸人性之中來描述——

一、分析與歸類是預測的基礎

對於自己內在了解得越透徹，並且越能夠為這些內在情況整合與歸類，便越能夠在他人身上映照到相同之處。

二、過去是未來的基礎

在那個與別人映照到的相同之處，看看自己是曾經如何思想言語行為的，那麼別人未來便理當如此。

好了，這就是所謂「他心通」的祕密了！

也許有人會覺得是胡扯，另一些人會覺得不可能如此簡單，那麼這些人可能是從來沒有想像過，通靈也可能發生在自己身上。但對於內修者而言，大概都至少聽說過——事實上每個人都具備通靈的潛質，只是有沒有找到可以依循的結構去發展它，或者願不願意去面對罷了。

另一個關鍵點是在一般人無法掌握「深度了解自己內在」的要訣，因為內在的許多真相其實通常是小我的禁臠，經常會被小我的恐懼所障蔽住；很少人會願意承認自己內在的幽暗面與不足之處的，甚至是僅止於向自己招認而已。通常人們在被碰觸到幽暗之處時，傾向以投射與批判來護衛自己，因此，更真切的認識自己其實是得克服恐懼的，是需要絕佳的內在勇氣的。

但說穿了，如果一個人能克服恐懼而轉化內在的黑暗，那麼他的未來會因此而走到另一個軌道上，或翻升到另一個層次上，此人的「過去就未必是未來的基礎」了。所以，隨著一個人的內修越往深處，他勢必越無法倚賴占卜算命，因為他知道這些技法能夠探看的層次有限；而此時，命盤對內修者而言，是藉以探索內在各種面向的工具，而非僅僅是用來預測而已。

因此，那些靈魂旅程走得較長的，修為程度較深的，的確較難被同理與預測，就像小孩不容易同理大人的心思作為一樣；但大人在小孩面前並不會因為不被理解而感到孤獨，他明白自己，也明白整體的情況。因此內修者繼續這條道路的其中一條必修功課便是「接受自己的不被理解」，接受自己是單獨的。

往內走得越深，視野與高度便持續增加，能夠同理與預測的對象和範疇就越多。不論如何，如果能把心打開，往內了解自己，往外同理別人，在別人與自己之間，自然能建構出一個「交融合一」的神聖空間，許多來自於幽微處、來自過去與未來的資訊，便會在這個超越人我與時空之處順暢流通，要讀取這些資料就不是難事了。

圓融而務實的做自己

越著眼於目標　那麼就越容易錯過風景
只有途中的風景才能滋養你生命的豐足與快樂
那本是你以為達到目標後才能擁有的
現在就開始享受風景
那麼「目標」會自動靠近你

別為自己安上標籤、設立形象
那會錯過自己的潛力

若你覺得不自由
那麼是你親手製作了一座困住自己的牢籠
或者　你自願居住在別人為你打造的牢籠中
你是獅子　但你不知道

生命本來應該是要有著俱足動力的
就像天體的運轉一般
那是自然與自動的現象　無須費力
因此你不是沒有動力
是你一直不處理內在的阻力

——安德魯上師

如果生命是一段旅程，那麼你會怎麼走？

我們可能會比較在意生命的風景、創造與實踐所帶來的滿足，而不僅僅是生存條件和安逸感。

而我們的靈魂，正是以一段帶來新經驗的旅程來期許這段生命的。

幾週前打電話給媽媽詢問她的身體狀況，後來聊到我的部落格、新班級與未來的新書，她說：「妳一直在走自己的路。」我稍微怔了一下，有點感動，覺得那是媽媽難得的肯定。但因為自己從來沒有以「做自己」或「走自己的路」來自詡，甚至可以說，我曾因為年輕時的自己實在過於理想性，而一直以為自己是在朝著「更入世」的方向努力。這樣的自我認知落差，讓我不免對一路走來的歷程檢視了一番。

的確，完成了國立大學理工科研究所的學業後，媽媽問我是否要到國外繼續學業。我搖搖頭，心裡想著：「本來連碩士都不想唸咧……」當時正羨慕著一位擔任業務工作的同學，可以搶先看到花花世界的燈紅酒綠與男歡女愛。在公家機關從事國科會計畫研究助理的半年期間，我竟然能躲過父母、老闆、指導教授的三面夾擊，他們認為我必須盡快考上高考，以便在公家機關安坐職缺。

而我默默地考上當紅的報社，然後自作主張辭掉了國科會的職位，之後才向父母先斬後奏。爸爸嚴肅地質疑我的工作性質，認為行銷企畫的職務就是拉下老臉賣東西的工作，我記得當時自己緊張地全身僵直，但最終爸爸仍然無可奈何放我去闖蕩天涯。

在報社的工作並不順利，三個月就解雇了我和同期考上的同事，我們這兩個天涯淪落的傻女孩當時並不知道，自己是報社人事鬥爭之下的犧牲品。這下子我沒有回頭路了，只好瞞著父母硬著頭皮在職海中流浪靠航。在〈生命的旅程碑〉文章中，我曾提到，當時去應徵的工作因為與本科系無關，所以我是以降級的學歷和兩萬起跳的薪水從頭開始的。

我一直在過於單純的環境中長大，所以那一段職海流浪的期間，密集地歷練了我的社會經驗，讓我親自搞清楚職場上的努力勤奮與積極表現之間的不同、清楚辨識什麼是真誠相待什麼是社交語言、倒底是工作的名分比較重要還是工作績效比較重要？……甚至是學習與伸出魔掌的老闆們周旋……當時的功課的確厚實地奠定了我日後掌握人生之路的基礎。

婚後的變化更大，我曾經無所事事地賦閒在家，認為反正有老公可以靠，不過他可不吃我這一套。某一天早晨上班前，他西裝筆挺地回過頭，對著還在賴床的我說了一句：「看看妳現在的樣子！」我警醒了起來，心想自己可能不擅長勤奮犧牲的家庭主婦角色，而懶散消極的狀態正在扼殺一個人的魅力。

又經歷了幾個媒體公關的角色後，我開了家店，從找點到簽約不過十個小時。一年多後，因為店務與外接公關案的雙重負荷過大，我選擇關掉才開了一年多的店，成為現在的角色——自由工作者。事實上，在我三十五歲以前，最長的工作也不過區區十四個月，對我而言，領到完整的年終獎金一直是緣木求魚的事情。

自從進入這個角色後，過往密密麻麻的職涯歷練才正式地被串連起來，我才逐漸搞懂，對於認真過日子的有心人而言，過往的經驗沒有一個片段會是白費的。我過去的同事、主管與客戶，後來紛紛找我合作公關案，甚至在我從事心靈教師與諮商師後，他們也開始對這個領域產生興趣。

回頭看看，我似乎沒有「規畫」過職涯，沒有「主張」過自己在人生中要扮演的角色，這反而讓我的生命更沒有限制地發展，我只是依循當時的心之所向往前走，然後帶著勇氣與決斷力順勢而為。當然，隨著歷練與見識的增長，在其中能更務實地考量與判斷。

「沒有主張」的狀態，很巧妙地反而讓我不易招致反對與抵制的力量。我只是默默地去做自己想做的，沒有夸夸而談，也學習不去抗辯，因為當自己所做的成果出現時，自然能說服一切。

因此，所謂的「圓融」，其實也不一定指的是要向周遭的人們妥協。它的精義是來自於超越了二元對立的狀態，在更高點找到平衡之處，在那裡，二元現象自然地整合與相容；相反的，當我們有了強烈的主張與意志，依據物質世界的二元法則，便容易引起對立狀態的反彈，我們就得耗費精力去安撫與突破。

而「務實」不但來自於扎實的歷練，更來自於意願。事實上，許多人無法務實的原因並不是經驗不足，而是因為輕忽執行層面的價值；他們並不尊重這個層面的事工，沒有意願投入精力去完成，以至於夢想與實踐總是涇渭分明，從來沒有合一過。而其實只要有心，那些不起眼的、與「一般人」糾纏的、要使用雙手雙腳完成的「低下」工作，才能穩住上層的心智並淬煉下層的耐心，這是越要追求靈性的朋友們越需要放下身段去經驗的過程。

總而言之，做自己其實沒有那麼可怕，其實不一定需要擔負那麼多的風險；它事實上只是一個「超越二元的圓融之路」，也是一個「連結夢想與務實」的整合之路。

超越競爭關係，回歸神性之路

靈魂旅程的目的不是犧牲奉獻　不是殉道
這是一條尋回大師之路
去找回自己的光與翅膀　讓自己成為主宰　成為自由

每個人都經歷好長一段披荊斬棘之路
在向內清理與再清理的同時
你們終究會來到舉杯歡慶的時刻
你們會收起手上的武器　會停止過度清理的意圖

你們甚至會讓他人取走你身上的致勝祕技
因為你早已攜帶著連結源頭的鑰匙
整個源頭的力量是你的後盾
整個源頭的愛滋養著你
到時候　你那生命之樹已然頂天立地

——大天使　加百列

從週一晚上開始，就感覺到一種沉甸甸的狀態。擺了兩天，想要釐清這情況是來自於集體意識還是自己，畢竟週二是二〇一一年一月十一日。舉凡逢「一」，我便會有較深的清理，為了要迎向「一」的啟始新局，清理與更新是必然的。

這裡順道說說我自己對於數字能量的觀感。先不談有關數字學的專業理論，事實上，數字本來就乘載了最大量的集體意識，因為數字的通用性，人們對於數字的共識必然是大過於各自的語言與文字的。因此每一個數字以它自有的特質，以及大量集體意識對它投射的共識，而負載著強大的能量振動，以「一」而言，它所承載的能量意識便是「啟始、唯一」。

週三凌晨，沉重感紛至沓來。在密集而清晰的夢境之中與之間，我不由自主地不斷呼請上主與天使們協助我度過難關。醒來後沉澱了一會兒，反覆想想最近發生的一切：案子、課程、講座、寫作、關係……不過就是一般性的狀態，沒有特別重大的壓力；再加上幾位朋友們剛好也在這個時間點有同樣沉重的感覺，因此只能判斷，這與集體意識有關。

於是我祈請與自己親近的加百列天使長給出話語，希望能讓自己與更多朋友們有更多明白與釋放。訊息很短，不過有深意，完全打中絕對重要但被掩藏忽視的議題，以至於傳訊的過程中，我再一次以許多淚水做了一次深深的釋放。

「靈魂旅程的目的不是犧牲奉獻，不是殉道，這是一條尋回大師之路，去找回自己的光與翅膀，讓自己成為主宰，成為自由。」

我們可以說，內修之路就是一條找回自己力量的路。不僅是不再活在他人的期待中、不受他人的褒貶所影響；並且也不投射自己的偏見與苦痛在他人身上，因此便沒有「我這麼為你，看看你怎麼回報我……」這種犧牲奉獻與殉道的心情。這才是真正的自由。

「在向內清理與再清理的同時，你們終究會來到舉杯歡慶的時刻，你們會收起手上的武器，會停止過度清理的意圖，你們甚至會讓他人取走你身上的致勝秘技。」

大師（神性）就在每個人的內在核心，走向大師之路就是：把包覆著核心神性的那些障蔽清理掉的過程。到時候，我們的內在會越來越安靜，沒有對自己與他人的批判（過度清理也是對自己的批判），不多說不辯解，甚至，我們本來以為自己所掌握、致使自己超越別人的那些獨家特質與致勝利器，都可以讓別人取走，讓別人也同樣擁有你原來引以為傲的。

為什麼我們可以這樣充滿安全感，這樣無私無我呢？

因為到那時候，我們已知道，自己其實一直與浩瀚的源頭連結，「整個源頭的力量是你的後盾，整個源頭的愛滋養著你，到時候，你那生命之樹已然頂天立地。」

「你們甚至會讓他人取走你身上的致勝秘技。」這句話精確地描述了我現在的狀態。

我大力推薦好友出道，提供他許多我自己披荊斬棘以來的經驗，而以他優異的內在特質，勢必未來會大放光芒。我之後明白，這個沉甸甸的狀態壓倒性地浮現，是來自於我自身舊有的比較心、獨占心正要出離；既然我已在之前信誓旦旦地宣告，自己要超越人性弱點中的競爭關係而實踐「共同創造」的理念，那麼老天爺應允了我。

大大地釋放了一場後，我鬆了一口氣，繼續走我的回歸大師之路。

我所行經的合一之境

與他人的合一
不如說是與自己內在的不同面向合一
而每一次向內合一的經驗
就是一次重生與提升的開始

若只是帶著成見、走著固有個性所驅使的路
便無法體驗這樣的整合過程
你身邊的每一個人都代表你自身的某一個面向

當你批判他　與他保持距離的同時
你也切斷了與自己內在某一部分的連結

透過你向內的探索與整合
透過與身邊事事物物的整合
才能看到你那生命之樹是如此地延伸而壯大

如果你羨慕或忌妒他人
那麼表示你有尚未達到的渴望
你必須在成全這個渴望的過程中體驗那人的經驗
然後你才能整合這樣的經驗到自身
徹底消除羨慕或忌妒的情結

這一生你所遭遇的每一個難題
都曾是你前世求道之處

也是你向內整合的契機
你最終會走向萬籟俱寂的人間美景

——大天使　烏瑞爾

在這幾年來，合一成為靈性圈的流行語，我們很容易在理論上知道，這是一種人與人之間沒有界限的狀態，知道這是未來人類提升之後的境界。也許我們會在特定的時空裡，當自己處於靈性的高檔狀態時，我們短暫地經驗豐沛的愛與融合感；但當離開那個時空，從靈性的高峰降落到尋常檔次時，人我之分又出現了，資源多寡、優勝劣敗、愛多愛少……又成了人們相互比較時的心頭之痛。

我從未砥礪自己要朝著任何一個靈性的目標行進過，當然，「合一」也從未成為我內修旅程的標的物。我總是在一次次覺察到內在的暗影之後，在釋放療癒的過程中，意外地有一種無作妙力產生，這個在沒有作為中生出的力量，推升著我，讓我見證到一次比一次強大的智慧、愛與力量。

從小到大，我經常受困在被忌妒的課題中。因為害怕被忌妒，所以面對他人的讚美經常感到焦慮、無法坦然領受，並且對於他人投以忌妒之心特別敏感，總認為是自己讓忌妒的人受苦，並且也害怕身邊的朋友會越來越少。

這半年來，在這個課題上我做足了功課，回想起來，約莫度過了三個時期。

猶記那是一個盛夏時節，學生與我在高溫下邊走邊閒聊，天南地北，突然話鋒一轉，學生提到同學們私下的談論。就他描述的情況，我立刻意識到，那是其他學生對我產生了比較之心，我既驚訝又難過。首先，那些有我在內的閒言八卦很少自動上門過，所以代表這一次的事件對我而言很重要；再者，學生竟然也會與老師比較，更說明我有多麼需要正視這樣的課題。

一開始，我知道那的確是自己尚未真正處在高遠的位置，仍然有許多足以企及與比較之處。但進展演化並非一蹴可及，要讓自己立即提升到令人尊崇的位置而避免被比較，不但不實際，也並非我之所願。

度過了難熬的大半天之後，接近午夜時分，突然間靈光一閃，我決定自己再也不要受困於害怕被忌妒了，決定再也不要害怕別人因忌妒而遠離我。如果我確知自己是誰，確知自己並沒有傷害別人的意圖，那麼就繼續溫柔地做自己，別人的課題留給別人，允許他人在該有的神聖階段中，我要繼續堅定地往前走！

而有趣地，這樣的決定反而讓那個糾纏著我、不讓我進展演化的力量開始消失了。在能量場之中，我與忌妒者因此拉開了跨距，被忌妒的勢能開始削減。

時序進入深秋時節，班上來了一位能力強又資深的靈性老師，他生性熱情好分享，因此又帶來了許多自己的學生來到班級裡，我對他這樣的胸襟非常感激。沒多久，這位朋友在課堂上的發言越來越多、越來越強勢，我總是把時間讓給他展現，但私底下，幾位學生開始向我反應他們對我的打抱不平。另一方面，我自己也覺察出，每當這位老師發言時我內心產生的張力感，於是我決定不找藉口地開始好好向內清理這種負面勢能。

就在此時，幾件玄妙的事情發生了。陸續有幾位不知情的長者輕輕地點了點這位朋友的課題，而我自己也在一次殊勝的靜默之中，進入了這位朋友的心靈深處，用他的靈魂去感受，用他的眼眸看事情。於是，我深深地知曉了他的焦慮與擔憂，明白一位向來被學生愛戴的老師，在看到自己的學生正逐漸向著其他老師靠近時心中的感受，我知道這感受其實也是我自己的其中一部分。就在剎那之間，所有的負面勢能消散於無形，而下一回的課堂上，我內在的張力不見了，為我打抱不平的學生開始在這位朋友發言時展露笑顏。

這一年的年初，在神聖秩序中，我開始強推姊妹般的朋友出來帶領靈性課程，讓她在我的大型聚會中露臉，把她的課程說明張貼在自己的臉書和部落格中，報名者立刻爆滿，我自己的學生與部落格的讀友們，開始享受這位朋友的剖析與啟發。

這一次，我的角色巧妙地成為那位老師當時的身分。但經歷了之前的磨練與合一經驗，我很清楚，自己會輕易地跨越存在於普天下的忌妒與控制課題。

上一次，我在與那位老師靈魂合一的情境中，深刻知曉了某種焦慮感受，那個感受是我的、也是他的；這一次，我在與姊妹靈魂合一的情境中，體驗了被榮耀的感受，這感受是她的，當然，也是我的延伸。

就這樣，每一次與他人的合一過程，都是一個將他人的某個面向納入自身之內的過程，都在恢復自身的壯麗宏偉。而我，也在這自我壯大的過程中，親眼見證人生新局一頁頁地向我展開，恰好是這樣不斷引我跨步向前的新局，讓我不致落入被比較和與人比較的困局中。

我並沒有設定要成為合一的體驗者，而僅僅是透過向內做功課，意外地行經合一之境。事實上，那也不是意外，只要向內行去，合一會是必然。

溫柔而堅定地走自己的路

你選擇進入關係的角色是獅子或綿羊
將決定此段關係的方向
是自由翱翔　還是想被護航
是展現力量　還是隱藏光亮

即使被掌控的生命　也隱含著自由意願
只有甘願交出自我綴飾的權杖
才毋須再與命運對抗

——大天使 加百列

二〇一〇年的賣座片《享受吧！一個人的旅行》一上映，朋友與學生們紛紛推薦我去看，說這位主角的故事與我非常相像。片子的網路預告片有一段女主角的對白：「我從十五歲開始，不是在談戀愛，就是在分手，從來沒有兩週的時間是為自己而活的……」看到這裡，我的眼淚就滑落下來了。

但我的戀愛智商很晚才被啟發，雖然求學路途上遍地野草，但我的左腦太發達，右腦不中用。大學畢業前夕，學校裡的風雲人物約我吃飯，我們如常地隔著餐桌聊天，他找到空檔正色地詢問交往意願，我仍然可以平靜的用完餐食，優雅的忽略這個問題。

研究所的時候，姊妹淘用力地激我進入感情世界，當時一位其他系所的同學非常積極的獻殷勤，我便把第一次戀愛經驗投入進去，而他其實已有婚約。我絲毫沒有強取豪奪的意思，因此便由那單純而機械的左腦設定了一個結束的時間。畢業的那天終於來到，我們所住宿的地方逐漸搬空，朝夕相處的同學們一一道別，我躲在房裡等著關鍵的那一位默默離去。那是一個初夏的午後，屋外猖狂的陽光和走道上的寂寥氛圍極為衝突，寂靜與沉重綿延得讓人喘不過氣來……終於，房門關上，步伐伴隨著行李的瑣碎聲息逐漸遠離，我胸口緊縮，溽暑中卻感到皮膚冰涼。淚水或許已和靈魂一起被強行隱藏到深深的幽黯之中，好讓情緒只是浮光掠影的走在被隔絕的表層之上。

我的那位女性指導教授心思細密地猜到了一二，便意有所指的安慰：「即使結了婚，在一起久了，最後還不是感情淡了。」我直覺地回：「但至少一開始要是深刻的。」因為是地下情，沒有人知道這件事情，我只能自己消化一切不在左腦預期之中的內心煎熬，任由自己成為槁木死灰。

某一天，從床上絕望地看著眼前亮晃晃的大窗子，竟然開始思索著是否生命從那裡結束會比較簡單……也不知道不吃不喝多久之後，我終於坐起身來，勉強穿戴衣物打算下樓用餐；接著，我默默地看著已然過大的褲子竟然在眼前滑落下來。

很奇妙的，我的身形從此之後就定型了，十八年來沒有變化；而內在的某個部分似乎也在這一次經驗之中悄然打開，似乎是膽子大了，且感性之心已被啟發，我自此迎向一次次戲劇化的感情事件。

三年之間，一段段故事強行而短暫地來了又走，有餐廳小開兼夜店ＤＪ、屢上財經雜誌的總經理、半身刺龍繡鳳的ＡＢＣ、台積電的主管、影像工作者，甚至知名集團的頭頭……他們之中一半要讓我成為第三者，另一半則是個性古怪或背景奇特。

因為都沒有真正進入平凡的生活情節中相處便被理智所終結，因此我在婚前的兩性關係中，不斷被這些奇特腥羶的經驗擴張又擴張。其實就是持續享用著男性的追求與服務，出入接送、美食好酒、送花送禮的，戀情間隙的片片段段中根本來不及療傷，當然更談不上從每一段別離之中獨立自主。

二十八歲時，我遇到了Ｃ君，他當時是當紅體育主播，身形高大口若懸河，和前面的男性一樣積極主動。唯一不同的是，雖身處花花世界但稟性單純，大家都認為我們很匹配，我們很快的就約定終身，在兩年後走入禮堂。

無論Ｃ君與我之間有什麼無法繼續相處的理由，但他平日開車接送、提重物、聯絡打點家中修繕事項、上網查閱整理生活資訊與出遊資訊……這些基本的動作是非常到位的。即使我在婚姻裡的那十年有意識地讓自己不要太依賴，也一直自詡為具有獨立思想的人妻；但真正獨身之後，才發現前後差距超出想像，有太多的「自我設限」與「依附心態」是與虛妄不真的安全感共伴共存著的。

直到自己照顧自己好一段時間之後，才真正確認，那些無論如何需要被服務與照顧的堅持，來自於「依附心態」。譬如男性必須做粗重的工作、男性必須付帳、伴侶必須承擔自己的情緒與病痛、甚至丈夫必須把房產歸於妻子名下……太多市面上教導現代女子如何累積籌碼、立於不敗之地的觀念，事實上反而讓女性陷入更深的依附心態中。

女性若正好得到了伴侶的服務而視它為理所當然，那麼她必定開始逐漸失去自主與自立的能力。即使她沒有因為分手而需要學習獨立，她也會因為所得到的一切來自於外，而喪失內在力量。物質層面上似乎收穫的是她，但基於質能不滅法則，她是以流失內在能量來博取的，在能量場中她會身處「被決定」的位置而不自知——病痛而對方缺乏照料時她會失望，對方忙碌而無法來接送時她會生氣，雖然身據家產並且可以頤指氣使，可是伴侶可能會因不平衡而外遇……

而依附心態的另一端是「自我設限」。我在離婚後加開班級、在部落格大寫特寫，進而出書、計畫未來要過一種鄉間的自給自足生活……這些動作在婚姻中不可能實踐，有時候是，即使伴侶支持，但伴侶的家人也會有意見的。女性的角色往往宥於「需要一個能給我安全感的家」而寧願犧牲自我，許多優異的潛質因此終其一生無法輝煌發光。我的母親台大化學系畢業，一年之後便結婚生子，終結深造之路；而她的母親——我的外祖母，師範學校畢業，當年在國防部工作，但二嫁給情治單位出身的多疑外公後，便鮮少能出得家門。

「自我設限與犧牲自我」是基於一種匱乏心態，只會創造匱乏的實像，它從來無法真正為我們換取那個原本需要的安全感。換句話說，當女性因為這虛枉的安全感，而綁縛自己在某人的羽翼下，那麼，一方面她會因為有志難伸而產生委屈不平，這些委屈會幻化為情緒或病痛，並且會波及我們所養育的下一代。另一方面，基於這種匱乏心態所吸引到的伴侶，自然被賦予了「掌控權」，他可以理所當然地要求妳為他付出許多妳準備犧牲的一切，無論是精神或物質層面。

我在這獨自生活的一年多以來，一方面逐漸從依附的慣性中抽身出來，另一方面，當一些若有似無的關係出現時，也逐次看到自己又有依附倚靠的習氣升起。似乎女人們的集體意識中頑固地潛藏著「柔弱順從者必有力量可依靠」的催眠指令似的，那樣的牽制力終於讓我感到越來越不自在。

又在一個理智糾結而心緒起伏的片刻，我慎重的決定不再被牽制，我要堅定而溫柔的繼續走自己的路，哪怕男人因此而避走；因為我知道，在全能的造化之中，自己越加圓滿的狀態，必將與另一個相對圓滿的生命相遇。

上週四，我提著大包小包的行李，匆忙而吃力的走入花蓮航站，心中又不期然地升起一股無人照料的委屈感。幸好長期培養的觀照力捕捉到那一瞬間，於是，在進入登機室之前，突然有位文雅的男士禮貌的幫我提起行李走上飛機；下機時，空姐與航站人員接力地繼續這個服務，我一路上自顧自地維持著會心的微笑。

看清世間的法則

「我的老師
請就這段經歷給我一些洞見」
「氣壓的極大落差造成風暴
高度的極大落差形成瀑布
當一個人發現他所認知的內外在世界落差過大時
便形成情緒的衝擊
那個『應然而未然』的情況

正反映著內在未回到平衡之處
就著風暴來掃除障礙　回歸平衡是好的」

「我覺得無法與朋友回復過往的親近狀態
與那位當初的恩人也再難互動了　怎麼辦？」

「外在的狀態並無法說明真相
事實上　許多親密關係最後越走越淡然
正表示他們之間的業力已逐漸消失了
但是否是因為業力正在消失而讓關係淡掉
依然只能從檢視內在來看
譬如
當這位曾經親近的對象再次與妳互動時
或者從他人口中傳來這位對象的一些境況時
檢視是否仍然會引起你的情緒反應

如果的確是淡然以對
那麼未嘗不是一種圓滿」

——內在老師

最近的這段時日，就是不斷處在一齣齣昨是今非的劇情轉折中。

滿腹經綸高談闊論的、令眾人總是洗耳恭聽期待他開口指點的，近身相處後才知道那是腦中知識的累積而非本人真實的境界；而初識時本來印象平平的，卻在繼續交流之後逐漸發現此人內蘊頗深，溫暖而謙遜，並且擁有絕佳的內在勇氣。

而曾經誠心以待、彼此相知相惜的朋友，在意外地發生連串小事件之後，發現彼此攜手並進的道途似乎已到達尾聲。對方嚴謹而鑽研細膩，我則入世而輕鬆，或說是被認知為鬆散……而對方認為，只有依究竟法內修才有機會成道，我則內心明白，世間沒有究竟法也沒有設定目標的成道之法……對方因為必須宣說自己所相信的真理，而讓我的學生們懷疑起我所執教的光的課程，我則在聽說的當時既震驚又難過。

我想自己似乎應該一路盡可能地沉默，對學生如此，對於朋友試圖的連絡也是如此，這可能是我此生所遇到最艱難的。有關於「沉默」功課，艱難但必須勉強練習做到，因為在內心尚未平靜之前，所有的表達都將造成不在中道的效應。

在這樣的因緣起落中，雖然唏噓慨歎，但也只能坦然以對，畢竟這觀念差異曾經也讓我在多年前淡出過朋友的視線。不過，也許是揮不去心中對他的牽掛以及對他偏執修道的擔心，機緣又讓我們再一次有所交會。這一次我自以為，鼓勵他走入世間不但可以豐富他，又是一個讓我們可以彼此了解的好方法，但卻反而讓這觀念差異擴及其他人。但另一方面，我其實也曾有許多懊悔與負欠的感覺，對學生是如此，對朋友尤其是如此。每每想到自己曾答應過，要在對方萬一走偏時給予提醒，內心便交戰不已。

但終究我還是盡可能地不說話。再一次地，我試圖走入對方的狀態中體驗同一個故事，去感覺朋友的「正當性」。於是明白了，我認為他偏執的種種，其實是他據以來自我榮耀的；我所認為的背叛，其實只不過是朋友秉持自己所認為的真理所為。因此，如果我要能真正徹底地在他人神聖的自由意志前俯首，我必須自己放下一切「他錯我對」的想法，即使在人生劇碼之中是自己先被誤解或辜負。

前一個故事方興未艾，緊接著又是一個令我大開眼界的變化。

也是一位我視為恩人的前輩，在給予我許多幫忙並把我推向人前之後，突然開始在檯面上與檯面下、人前與人後多所指教與批評。我第一次遇到這樣的情況，也只能一路把它當成自修的課題，透過看到對方在比較中的痛苦，而釋放自己不平的心緒。

而就在事情逐漸落幕之際，這位前輩突然與我連絡，說他受託幫我溝通場地與老師之間的拆帳條件。我很感動，覺得這是化解的機緣，因此我不假思索答應他提的條件，我們並彼此表達對於對方的感謝。不久之後，我接到場地主人的來電，才知道主人根本沒有這樣的委託，我被搞得丈二金剛摸不著頭緒。待清楚事情來龍去脈之後，我才知道自己太單純了，這位前輩其實只是想要確保我的條件與他一樣。

不過這一次我已沒有太多心緒，只覺得自己簡簡單單的，可以不用在別人的局裡跟著一起攪和真好。其實我早已數次主動地請場地主人向我開條件，並說明他提出的任何一種拆帳條件我都會同意的。

這世界好複雜……法門是否究竟、老師程度如何、帶法如何、學生多寡、學費高低、場地條件……什麼都可以分別與比較。我很慶幸自己能在這一連串昨是今非的劇情裡，治煉自己放下再放下的本領，治煉自己的辨識能力，並且，也治煉自己繼續擴張的能耐，讓自己因而更能廣納各種理當如此的人性。

一位朋友很關心我的生涯前途，問我：「前輩把妳當目標，又不斷有後輩在開新課程，妳有沒有什麼轉型規畫？」朋友大概一方面擔心我繼續教這些以靈性為名的課程，會把自己搞成神祕兮兮的通靈大師，一方面也真的擔心我的「市場」越來越小。我被問多了，只好正色回答：「我會繼續做滋養我的事情，我的初衷就僅僅是這一件小事，我一向認為只有自己好好被滋養著，才能真正滋養別人。」「以現在所教的靈性課程為例，我認為就算有一千個人都在教一樣的課程，我還是散發著我固有的能量場。這樣的情況不會改變也不受影響，因為我不在別人的局裡，我在更大的、另一套邏輯與法則之中。」

如果我們的情緒總是被同樣的人事物牽動，那麼就是在一個自設或被設的局裡了。無論如何，這裡有一套遊戲規則正在主宰著我們；若要回復平靜，不是去解決那個惹你的對象，是要看清形成這個局的法則，並且讓自己與它脫鉤。

後記

那一段唏噓不已的時日裡，曾在臉書有感而發的寫下這段文字，與各位分享：

什麼時候，我們可以把靈修當作是瑜伽練習一般？讓它只是一個平凡的練習，甚至是對於客體的練習。

什麼時候，我們可以把靈通只當作是萬籟俱寂中所顯現的蟲鳴低語，可貴的不是那低語，而是先有萬籟俱寂。

我們不會爭論，是哪一種頂級與究竟的瑜伽法會將我們練成大師，也不會只讚嘆那一直都在的蟲鳴低語。

從端坐宇宙中心的神性看出去，沒有究竟與不究竟、靈通與不靈通，只有相異但平等的眾生。

國家圖書館出版品預行編目資料

我聽見天使 / 田安琪著. -- 初版. -- 臺北市 : 商周出版 : 家庭傳媒城邦分公司發行, 2011.09
面； 公分. -- (Open mind ; 18)
ISBN 978-986-272-018-9(平裝)

1.靈修 2.心靈療法

192.1 100015733

Open Mind 18

我聽見天使：體會天界的智慧訊息，圓融而務實的做自己

作　　者／田安琪
企畫選書
責任編輯／徐藍萍

版　　權／黃淑敏、吳亭儀、翁靜如
行銷業務／莊英傑、王瑜、周佑潔
總 編 輯／徐藍萍
總 經 理／彭之琬
發 行 人／何飛鵬
法律顧問／台英國際商務法律事務所 羅明通律師
出　　版／商周出版
台北市104民生東路二段141號9樓
電話：(02) 25007008　傳真：(02)25007759
blog:http://bwp25007008.pixnet.net/blog
E-mail：bwp.service@cite.com.tw
發　　行／英屬蓋曼群島商家庭傳媒股份有限公司 城邦分公司
台北市中山區民生東路二段141號2樓
書虫客服服務專線：02-25007718；25007719
服務時間：週一至週五上午09:30-12:00；下午13:30-17:00
24小時傳真專線：02-25001990；25001991
劃撥帳號：19863813；戶名：書虫股份有限公司
讀者服務信箱：service@readingclub.com.tw
城邦讀書花園：www.cite.com.tw
香港發行所／城邦（香港）出版集團有限公司
香港灣仔駱克道193號東超商業中心1樓_ E-mail:hkcite@biznetvigator.com
電話：(852) 25086231　傳真：(852) 25789337
馬新發行所／城邦（馬新）出版集團【Cite (M) Sdn. Bhd. (458372U)】
11, Jalan 30D/146, Desa Tasik, Sungai Besi,
57000 Kuala Lumpur, Malaysia
電話：（603）90563833　傳真：（603）90562833

封面設計／張燕儀
版面設計／洪菁穗
排　　版／極翔企業有限公司
印　　刷／卡樂彩色製版印刷有限公司
總 經 銷／聯合發行股份有限公司 電話：(02) 29178022　傳真：(02) 29156275

■2011年9月6日初版
■2020年4月7日二版
定價300元

Printed in Taiwan

ISBN 978-986-272-018-9
EAN 4717702100681

廣 告 回 函
北區郵政管理登記證
北臺字第000791號
郵資已付，免貼郵票

104　台北市民生東路二段141號2樓

英屬蓋曼群島商家庭傳媒股份有限公司城邦分公司　收

請沿虛線對摺，謝謝！

書號: BU7018	書名: 我聽見天使	編碼:

請於此處用膠水黏貼

商周出版

讀者回函卡

謝謝您購買我們出版的書籍！請費心填寫此回函卡，我們將不定期寄上城邦集團最新的出版訊息。

姓名：__________

性別：☐男　☐女

生日：西元______年______月______日

地址：__________

聯絡電話：__________　傳真：__________

E-mail：__________

職業：☐1.學生 ☐2.軍公教 ☐3.服務 ☐4.金融 ☐5.製造 ☐6.資訊

☐7.傳播 ☐8.自由業 ☐9.農漁牧 ☐10.家管 ☐11.退休

☐12.其他__________

您從何種方式得知本書消息?

☐1.書店☐2.網路☐3.報紙☐4.雜誌☐5.廣播 ☐6.電視 ☐7.親友推薦

☐8.其他__________

您通常以何種方式購書?

☐1.書店☐2.網路☐3.傳真訂購☐4.郵局劃撥 ☐5.其他__________

您喜歡閱讀哪些類別的書籍?

☐1.財經商業☐2.自然科學 ☐3.歷史☐4.法律☐5.文學☐6.休閒旅遊

☐7.小說☐8.人物傳記☐9.生活、勵志☐10.其他__________

對我們的建議：__________

請於此處用膠水黏貼